最后一站

苏有郎　著

中国言实出版社

图书在版编目（CIP）数据

最后一站 / 苏有郎著. -- 北京：中国言实出版社，
2024. 12. -- ISBN 978-7-5171-4800-5

Ⅰ. I25

中国国家版本馆CIP数据核字第2024SN3534号

最后一站

责任编辑：张国旗
责任校对：宫媛媛

出版发行：中国言实出版社

地　　址：北京市朝阳区北苑路180号加利大厦5号楼105室
邮　　编：100101
编辑部：北京市海淀区花园北路35号院9号楼302室
邮　　编：100083
电　　话：010-64924853（总编室）　010-64924716（发行部）
网　　址：www.zgyscbs.cn　　电子邮箱：zgyscbs@263.net

经　　销：新华书店
印　　刷：北京铭传印刷有限公司
版　　次：2025年2月第1版　　2025年2月第1次印刷
规　　格：880毫米×1230毫米　　1/32　　4.5印张
字　　数：100千字

定　　价：58.00元
书　　号：ISBN 978-7-5171-4800-5

本书主人公——全国离退休干部先进个人、著名林果专家曲宪忠同志

讲好中国故事　创新文学高地（代序）

李春雷

中秋刚过，明月还满。金风送爽，威梨飘香。

农历八月，正当农家好季节，秋阳温热又温柔，秋风涂红又涂黄。真是满天碧海，遍地黄金。在这美好的收获季节里，为了深入学习贯彻党的二十届三中全会精神，在全社会营造学习曲宪忠事迹和精神的浓厚氛围，在威县举办"梨香飘千里，典范励后人"——河北省优秀共产党员曲宪忠事迹座谈会暨报告文学《最后一站》推介会。

报告文学《最后一站》生动讲述了退休老干部曲宪忠同志在威县探索农业产业改革发展的故事。曲宪忠原是河北省林业厅副厅长、巡视员、全国著名林果专家，他退休不退志，把全部心血奉献给了当地的脱贫攻坚和乡村振兴事业，整整十年，鞠躬尽瘁。他的感人事迹，为新时代中国"三农"工作树立了一座丰碑，更是全国老干部和知识分子群体学习的生动典型。

这部作品在《中国作家》杂志发表后，很快就产生了良好反响。

作者苏有郎是一位优秀报告文学作家，多年来，他在这个领域默默耕耘，用心用情用力采访，创作了诸多精彩的"中国故事"。他的不少作品，影响广远，获得了多种奖项。

讲好中国故事，更需报告文学。

这些年来，习近平总书记关于如何讲好中国故事，有过许多重要论述。这些重要论述，也是对报告文学创作的具体指导。

伟大的时代孕育伟大的故事，精彩的中国需要精彩的讲述。在实现中国式现代化的伟大征程中，我国正在加快建设经济强国、美丽中国。我们文学界要创作出更多、更精彩的具有"中国气派"的"中国故事"，实现新突破，再创新高度。

具体到报告文学创作上，我们更要谋划新举措，开启新作为。

新时代更有新故事，新故事更需新精品。如今，各级有关部门不断加大对报告文学创作的扶持，努力培养"特别能战斗"的创作队伍，以讲好中国故事，铸就报告文学事业的新辉煌，为奋力谱写中国式现代化新篇章贡献文学力量。

苏有郎即是这个创作队伍中的优秀一员。

相比于一般的作家，苏有郎的作品产量不算高，但写一篇是一篇，总是"搜肠刮肚""绞尽脑汁"，凡一出手，必是精雕细

刻。他认为创作有两种，一种是"一挥而就""文不加点"，一种是"吟安一个字，捻断数茎须""推与敲"。他，是后一种。

三十年来，苏有郎很少创作别种体裁。说他是报告文学专业作家，应不算过分。

当下的报告文学创作，似乎有这么一个现象，许多作家热衷于重大题材、高大人物，全景式、宏观式，出手就是厚厚一本书，但苏有郎有自己的选择。他身处基层，似乎不刻意追逐热点和重大题材。他的许多作品的主人公都是普通人物，他总能从其中挖掘出重大现实意义。

他最新发表的中篇报告文学《最后一站》，就是如此。作者并没有全景式讲述主人公的人生，只是截取了他在威县的"最后一站"，将人物放在大时代的背景下，利用极具代表性的生活和工作片段对主人公的人格进行展示，刻画出一位扶贫老干部、老专家血肉丰满的典型形象，很具有代表意义。虽然朴实无华，却是感人至深。

《最后一站》延续了他一贯的创作风格，前后历时数月，反复修改二十几稿。看似平平常常的语言，实非常人可为。用最普通的词汇，写出最感人的故事，这是作文的最高境界。全书中，对主人公没有一句褒扬的主语，都是平铺直叙的故事呈现，却能直抵人心。著名报告文学评论家丁晓原先生在"推荐人语"中说："有郎有心于现实中平凡朴实而灵魂带着光辉的人物的叙写""作品写得接地气、聚人气、见形象、得精神、颇为感人"。

曲宪忠的故事，就是中国好故事。报告文学《最后一站》，就是一次精彩讲述，也是一次美丽出发。

真切希望我们作家更加积极地投身火热的现实生活中，深入基层，扎根人民，服务人民，为社会、为人民、为历史奉献更多的精品力作！

2024 年 9 月

（作者系中国报告文学学会副会长，河北省作家协会党组成员、副主席，河北省文联副主席）

目录

附录

一　六十八岁的决定

　　一个平常的日子，河北省政府宿舍楼小区院里，安静而悠闲。小区内的公园里，几位老太太、老头在闲聊天儿。一位邻居老太太问张玉芬："你们家老曲不是退了吗，怎么总也不见他出来？听说又下乡了？又把你扔家里不管了？"张玉芬说："去威县了。威县要种梨，让他去当顾问。"

　　"老伴儿老伴儿，老了才算伴儿。你看你们家老曲，上班吧，没时间，退休了还这儿蹿那儿跳，哪儿来那么忙！这还是不是'老伴儿'！"

　　自从老曲退休后，偶尔就会有人给张玉芬开这样的玩笑，弄得张玉芬心里有种说不出的滋味儿。老伴儿退休前，她就跟他说好了，退休后，就开始人生的大休息，好好陪着她，颐养天年。前几年，虽然他这儿颠那儿跑，总算还常回家，倒没什么。这次他去威县，张玉芬以为他会像给其他单位当顾问一样，去几天就回来，没想到，他一去就是十天半月，甚至一两个月。"这不又成上班了吗！"邻居们说。

张玉芬给老伴儿说过多次，不要再像上班时那样干了，他嘴里答应得好好的，行动上却依然如故。

张玉芬着急！

老曲说："来威县，就是我人生的最后一站了，只能成功不能失败，我要把人生的最后阶段画圆。"

张玉芬的老伴儿曲宪忠，原河北省林业厅党组副书记、副厅长、巡视员，河北省著名果树专家、正高级林业工程师。他既是业务型领导，又是技术专家，经常有人请他指导林果种植相关技术。2005年退休后，他反倒更忙了，义务传授经验，推广林果技术，不是去辛集，就是去藁城，要么就是到行唐、井陉、魏县……

这些，张玉芬虽然不太赞成，也没太反对。

但这次去威县，张玉芬有点儿难以接受，虽然老伴儿身体不错，但毕竟年纪不小了，她不愿老伴儿还像上班时那样劳累。

可老曲从来不听。

他家庭和睦，儿孙满堂，生活富裕，两个孩子也不想让他再劳心费力。尤其儿子，还故意问他："你还缺钱吗？"

曲宪忠说："我就图个痛快，我就热爱这个，我就想为老百姓做点事儿！"

又说："威县这个活儿不能推，县里领导诚心诚意，想着让农民脱贫致富，用着我了，我能不答应？我能不尽力？"

孩子们被打动了，只好由他。

最后一站

曲宪忠家的小院里栽满了果树和花木

那是 2012 年 11 月，河北省老科学技术工作者协会（以下简称"老科办"）在邢台市召开的一个现场会上，威县老科协会长苏桂珍跟组织者说，威县搞了个梨产业示范园，想请与会专家去现场指导指导。

当时作为河北省老科协副会长的曲宪忠，跟着大伙儿一起到威县参观。

苏桂珍曾担任过河北省邢台市威县原林业局局长，由于同属一个系统，工作上有交往，她与曲宪忠早就认识。在来威县当天晚上的餐桌上，苏桂珍和威县当时分管农业的副县长董占坤对曲宪忠说了建这个示范园的想法——威县西沙河流域有十万亩荒沙滩，庄稼难长，他们想种些梨树，为农民探索个致富的路子，只是苦于没有专家指导，不知道该怎么发展。旁边有个人说："曲厅长不就是现成的专家嘛，请曲厅长不就行了？"

苏桂珍忙接过话头顺着说："曲厅长来吧？"

出乎大家意料，曲宪忠竟然没接腔，一副未置可否的神情。

苏桂珍和董占坤感觉，虽然这位老领导没有明确答应，但也没有说不来，便向时任县长吕志成作了汇报。吕志成认为，曲宪忠正是威县急需的专家。

第二天，威县领导请与会的全省老科协专家到西沙河流域和示范园转了一圈。吕志成正式向曲宪忠表明了威县领导班子的想法。

曲宪忠只是说："我想想再说吧。"

旁边的时任威县林业局局长李涛听了曲宪忠这模棱两可的话，心里老大不理解。李涛，一名县级林业局的科级干部，面对这位老领导、老专家，有一种发自内心的敬仰，心想："我们县领导这么热情，怎么老先生就不应这个事呢？该不会是嫌报酬低吧？"

数年之后，在一次饭桌上，曲宪忠给李涛透露了自己当时的想法，他说，他主要是想看看威县领导是不是真想搞发展，是不是只弄个示范园就散伙了。又说，他之所以当时没有搭腔，并不是不想来，而是想看看威县领导到底有没有诚意，是真想为百姓干点儿事，还是让他这个老头子只给他们撑撑门面，当当幌子。如果不是真想干事，他就不去凑热闹了。

搞了一辈子林果，曲宪忠从心里对威县这个发展思路还是很感兴趣的。

威县领导很执着，几次找曲宪忠交流，见曲宪忠总不给肯定话，又通过邢台市老科协领导协调。威县的落后面貌和基层干部的热切期盼，终于触动了曲宪忠。

威县县委、县政府决定正式聘请曲宪忠为威县经济林建设高级顾问、梨产业首席专家。

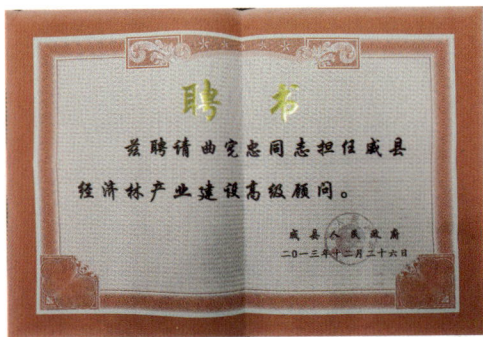

曲宪忠被聘为威县经济林产业建设高级顾问

2013年，元旦过后上班第一天，曲宪忠就来到威县，对威县领导说："你们有信心，我就有劲头儿；你们有决心，我就有劲头儿！"

来威县，张玉芬不赞成的主要原因，一是离家有点儿远——他们家在石家庄市，距离威县有三百多里呢；二是老曲是个工作狂，年纪越来越大，担心他身体吃不消。

但既然老曲答应了威县，张玉芬也不好再说什么，她本来以为老伴儿只是像以前给别处当顾问一样，隔一段时间去几天，没想到这次他一去就是一两个月。

张玉芬再三劝他别去了，曲宪忠说："既然答应了，怎么能不去呢！"

接过聘书，曲宪忠马上返回石家庄，带上换洗的衣服、照相机以及行李等生活、工作用品，来到威县。

这一年，曲宪忠六十八岁。

二　一片片荒沙一片片情

威县著名民谣：威县一大怪，生了孩子装沙袋。什么意思？
当地风俗，新生的小孩子，用装有细沙的布袋作褓褓，布袋口
到腰部，用绳拴住，既能起到尿不湿的作用，又可防止孩子乱
翻个儿。这褓褓里的细沙，就是威县的"特产"。

威县，地处冀南平原地区，历史文化悠久，人文底蕴深厚。

这里是黄河故道，至今，还有远古时期大禹的父亲留下的
水利工程"鲧堤"遗址。

威县是革命老区。抗战时期，八路军征兵，威县出了一个
师的兵力。据编辑《威县革命史》的苏桂珍统计，威县出的地
师级以上干部达三百多人。我国新时期改革开放先锋任仲夷即
是威县人。

像其他黄河故道一样，黄沙成为此地土质的主要特点。曾
有人想看看威县西沙河流域的黄沙层有多厚，结果，刨了八米

深还没见到黏土!

这细沙养孩子可以，却不养庄稼。

革命老区大多是贫困之地，威县也不例外。二十世纪七十年代，威县有一百零四万亩耕地，其中有三十万亩盐碱地、二十万亩沙荒地。

这里属于多风干旱地区，地下水位平均深达三十四米。井难打不说，关键是投入巨资打成后，水不一定能吃，没准儿是个苦水井，里边的水人不能喝、灌溉庄稼不能用。为了节约好水，只能用淡水掺着苦水浇地。

威县以种棉花为主，历史上素有"冀南棉海"之称，曾连续二十年种植面积及总产量位居河北省第一。由于市场及其他各种原因，渐渐跟不上时代步伐，导致投入不少，效益不高。农民无奈，不知种何是好，也曾想过种别的农作物，又担心失败。有人想种既省工又省力的小麦和玉米之类的，但威县地处枯水区，极为不宜。威县老科协的领导思考再三后决定：威县作为一个农业大县，还是要在农业上找突破口。

西沙河流域是难中之难。其时，威县总人口六十二万多，贫困人口达十七万一千人。威县之所以多年成为国家扶贫工作重点县，扯后腿的主要就是西沙河流域的十万亩荒沙滩。

威县春天风大沙飞，尤其是西沙河流域，狂风一起带沙走，可形成移动的小沙丘。农民种棉花，小苗刚出头，一阵风沙旋过，便不见了踪影，有时要种两三次才能勉强长成，只能凑合着种些花生、绿豆、红薯等杂粮之类的农作物，收入甚微。生产队时，每年一个人只能分五斤小麦。粮食不够吃，年年靠国

二　一片片荒沙一片片情

007

家救济。

威县请曲宪忠当顾问之时，国家正大搞"西部大开发"，威县也喊出了自己的"西部大开发"。

威县历史上有种梨、桃、葡萄、枣等果树的传统，自二十世纪八十年代棉花产业兴起后，其他作物渐渐弱化。不料，我国棉花市场放开后，市场出现价格差距，收入走低。并且，因种棉花多年，面临地膜、化肥、农药三大污染严重问题，土地板结，土壤有机质含量很低。威县领导下定决心：保护土壤健康，让子孙后代有饭吃！

基于此，十万亩沙荒地怎么搞？威县领导陷入深思。

威县领导请对人了，曲宪忠一辈子做了一件最重要的事，就是搞林果业。

春节将至，曲宪忠会同董占坤、李涛和时任威县林业局办公室副主任兼森防站站长刘明亮（一位本土专家），开始对西沙河流域的气候、地形、土质、水利、人文等方方面面进行考察。

作为林业系统多年的老领导、老专家，曲宪忠深知，要发展一个产业，首先要做一个符合本地实际的长远综合规划，如果只为种树而种树，只为种梨而种梨，是不科学的。

曲宪忠来到威县后，考察自然条件、分析地形、检验土质，展开一系列工作。他亲自挖下第一个探坑。陪他一起探测的董占坤、李涛和刘明亮及袁庄村党支部书记郑继奎齐动手。每一个探坑，一米五至两米深。这是个高强度的纯体力活儿，正值隆冬时节，天寒地冻，曲宪忠干得大汗淋漓。

曲宪忠再三研究，这片沙荒地搞经济林比较合适，可搞什

么果林呢？有人说，种核桃，有人说种枣，有人说种苹果，莫衷一是。

曲宪忠知道，农业的问题，就是知天、知地、知人、知未来。知天，即自然条件，冬时夏令，风、雨、雷、电、霜、雪、雾、雹，不可违背；知地，即土壤的酸度、碱度，知其适物，因地制宜；知人，即当地百姓的历史传统、喜好专长；知未来，每年的中央一号文件，即是未来的农业发展方向。

新疆枣，无法超越。绿岭核桃，全国独领。苹果，其时全国已达八百万亩，仍在急速发展（不出曲宪忠所料，如今苹果已达一千八百万亩）。气候、地理之差，无法效仿富岗和浆水。富岗和浆水苹果之所以质优著名，是因当地海拔和自然环境独特，无法效仿。另外，绿岭核桃属山区丘陵闲置荒地，每亩土地流转费一般仅需三十元，而威县土地流转费一般以每亩八百斤小麦折价，成本过高。桃，季节性强，储存复杂，一旦销售滞迟，易腐烂。葡萄倒适合，威县也有葡萄的种植历史，目前种有两三万亩，由于各种因素，也不便再扩大发展。

中国梨闻名世界，其时全国梨种植面积只有四百万亩，处于不增不减状态。梨树在南方较少，主要集中在北方。威县的地域特点和土壤特质决定了发展梨产业是当地林果业发展的最佳选择。

经充分论证，威县县委、县政府决定，以县老科协示范梨园为基础，大搞梨产业。

种梨，曲宪忠是有经验的。河北省一直以老鸭梨和老雪花梨为主，他任河北省林业厅副厅长时，由于梨的品质下降，跟不上人们越来越高的口味要求，加上市场因素，更由于不断出现的新旧品种更迭换代，老鸭梨和老雪花梨的市场价格不断下滑。

曲宪忠在辛集市曾进行过"高头换接"，用他自己的话说，就是"树上调结构"。在梨和红枣的提质增效和无公害生产中，他提出"树开心，枝拉平，无公害，质先行"的发展模式。那时，还没有人提出"绿色食品"这个词，曲宪忠就已经在提倡以"无公害"为基础的理念了。

曲宪忠不仅踏查了西沙河沿岸的九十多个村庄，还历时两个多月，凭着曾对国内三十多个省（自治区、直辖市）、国外十六七个国家和地区梨树产业考察的经验，重点分析了欧洲、大洋洲、日本、韩国及国内几个重点梨产区的生产情况与市场，又到山东莱阳、莱西及河北魏县、高阳、辛集、赵县等地考察，充分了解国内外梨产业发展现状。多方的考察和以往的经验积累，进一步增强了曲宪忠在威县打造梨产业的信心，主持起草了《威县西沙河流域绿色 A 级高效梨产业带建设规划（2013—2020 年）》初稿，交由县领导审核发文。同时，开始联系省内外发展林果业方面的十几位专家，进行交流、研讨，对此规划进行论证：种什么、怎么种。这些专家，人人是享誉全国的行业翘楚，其中有大名鼎鼎的梨省力密植高效栽培模式引领者张玉星，有被誉为"黄冠梨之父"的黄冠梨育种人王迎涛等。

几番交流探讨，反复论证，曲宪忠建议，根据不同地块的土壤性质及条件，以发展新梨七号、雪青梨、秋月梨和红香酥四个品种为主。黄冠梨作为河北省当地知名品种、传统牌子，予以保留。老梨户、老园子，曲宪忠推行他在河北省迁西县时发

明的办法——"树上调结构"，嫁接新品种。种植模式和品种，因地制宜、因区域制宜、因人文制宜、因经济投入制宜。品种以地域规划，模式以经济投资确定。

曲宪忠踏查威县西沙河流域的荒沙滩

曲宪忠在威县草楼实地查看土质

2013年春节前夕，短短一个月，曲宪忠确定了七项工程，其内容不仅有"种什么、怎么种"，还包括生产以后的销售、供应链体系，以及后期产品分拣包装、运输、贮藏、加工等一系列具体工作细节的实施，专家们都签上字，以县委、县政府名义，形成《威县西沙河流域绿色Ａ级高效梨产业带建设规划（2013—2020年）》。明确建设重点为"基地建设工程、技术标准体系建设工程、生态防护工程和龙头企业带动工程"，打造西沙河果韵生态农业观光画廊，力争到"十三五"末梨树种植规模达到十万亩，规划区农民人均纯收入达到一万元以上。

规模化种植，土地流转必先行。选地块，村、乡、县各级干部齐行动。遇到不愿意流转土地的农民，不能硬来，要耐心解释，晓之以利益：一旦拖欠地租，农民有权收地。

威县总共五百二十二个村，其中土地流转涉及十四个乡（镇）的二百二十六个村，大乡两三万亩，小乡几百至几千亩。

年终岁尾，儿女们都已放假，给曲宪忠打电话催他回家。威县领导也劝他年后再干，他不，他要把规划做好，提交给县领导，一直待县里落实后才回家。

曲宪忠深知，一个地方要想搞大一个产业，只靠个体农户不行，需要有龙头带动。于是，威县政府轰轰烈烈的梨产业招商引资开始了。

曲宪忠的到来，犹如一股和煦暖人的春风，吹醒了威县沉睡多年的西沙河流域荒沙地。2014年始，威县各乡镇、村，甚至相关部门全面掀起梨产业招商引资热潮；合作社梨园的建设如火如荼。威县梨产业发展进入快车道，龙集梨园、国防等知名大公司纷纷来威县搞梨产业。

曲宪忠向农民讲解梨苗定干套管技术

曲宪忠查看杜梨砧木生长情况

曲宪忠在龙集梨园指导整形修剪、拉枝工作

三　"这是我负责的事"

"这不行，要拔了重栽！"曲宪忠斩钉截铁地说。

"这都是出工雇人栽的，花了许多钱呢！"宋俊江心想，只是嘴上嗯嗯应着，手上不动。

一看宋俊江的神色，曲宪忠二话不说，"腾腾腾"大踏步走进地里，"噌噌噌"拔了一大片……

大宋庄村的宋俊江年轻时就种梨，曲宪忠问宋俊江这次想以怎么个标准种。宋俊江说，就挖坑种呗，以前怎么种现在还怎么种。大宋庄有几百年的梨树好几棵。若论历史，比曲宪忠的经历还长。大宋庄人祖祖辈辈种梨，谁不会？还用人教？

曲宪忠说："不行，必须用挖掘机把土挖出来，开八十厘米宽、八十厘米深的沟，埋进牛粪。再把土回填，水洇瓷实了，再拉线，挖坑。"

隔了一天，曲宪忠又来到宋俊江的梨园，一看，小苗栽得深度不够。"还不行，全部拔了重栽！"曲宪忠又说。宋俊江十分不愿意，可看着曲宪忠真急了，只好把已栽好的五十亩梨苗全部拔了重栽。

过了两三天，曲宪忠又来了，宋俊江苗重栽，地浇好。

第二回栽的，深度有了，南北也冲着，东西行却不直，东倒西歪。曲宪忠说："这样不行，再拔了重栽！"

宋俊江实在不理解了："我是为成活率，不是为好看，又不影响长梨。"

曲宪忠说："不是图好看。小苗栽整齐了，长大后枝是均匀的，好摆布，便于机械化管理。两米五宽，喷灌一下就过去了。十来亩地，两个小时就能弄完。"

第三回，宋俊江南北方向拉上线，东西方向撒上印儿，横看、竖看、斜看，全是一条线。

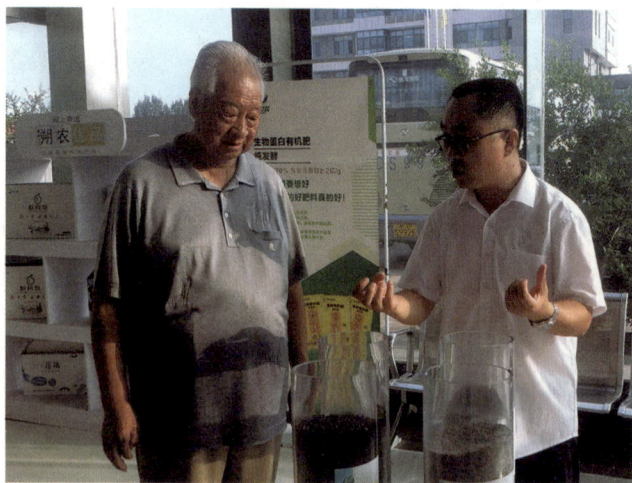

曲宪忠到生物科技公司调研有机肥

全球最大的果蔬汁加工企业、国家农业产业化龙头——中国海升果汁控股公司落户威县，一期投资两千万元，建设两千亩标准梨园基地。初栽梨树苗，公司技术人员监管不严，少一道程序。曲宪忠闻知，急奔现场叫停，硬是逼着他们把已经栽好的一百八十余亩梨苗全部拔掉，重新按规定挖坑。技术人员和施工队伍看到曲宪忠严厉的口气、冷峻的目光，再也不敢有丝毫马虎。集团项目经理王胜君得知此事，异常震惊和感动，亲自登门致谢，表达敬意，动情地对曲宪忠说："我们现在依靠您，未来也要依靠您，您这个专家我们请定了。"如王胜君一样，每个被曲宪忠批评过的人，事后都对其批评心服口服，对他的负责精神感到由衷敬佩。

梨园建设挖沟施肥

三 「这是我负责的事」

曲宪忠在梨园施工现场打探坑测验土质

对待工作，曲宪忠的要求近乎苛刻、冷酷、无情。有人说："人家是私营企业，你管不着人家。你只是县里一个顾问，既不是领导，又没有利害关系，虽然是为人家好，但也不至于拔人家的树苗啊！"曲宪忠说："我是威县县委、县政府的顾问，不是某个人的顾问。我是为了全县产业的发展，不是为某个园子服务的。我既然接了这个聘书，就要把承诺的事情做好，不能照顾情面，不可心存顾忌。你承包了我们百姓这么多地，你要赔了，给不了我们农民包地费，我们农民咋整？十万亩的梨园事关长远，容不得半丝马虎，否则就断了后路。"

曲宪忠在梨园施工现场督导建园定干、浇水情况

曲宪忠在梨园施工现场督导建园

躺在床上，曲宪忠一直辗转反侧，难以入眠，还在想：他们到底浇水了还是没有浇水？直到凌晨四点，他实在睡不着，抬手拨通刘明亮的电话："老刘，跟你说个事儿。"半夜老领导来电话，刘明亮吓了一跳，急问："曲厅长，咋了？有事？"曲宪忠说："我没事儿，我跟你说一个事儿。""你别着急，慢慢说。""我睡不着。"

……

"走，去地里看看。"

小苗就像襁褓里的婴儿，抵抗力弱。西沙河流域这地方既漏水又漏肥，必须及时浇水。今天白天，海升集团栽下二百亩小苗，曲宪忠再三强调，地多井少，晚上千万不能停泵。晚上，曲宪忠躺在床上，一直睡不着，心里怎么也放心不下，琢磨着：他们到底浇水还是没浇水？

到地里一看，果然，总共四眼井，竟有两眼井没开泵！

"为什么另两台泵不开？"曲宪忠问。

"泵坏了，大半夜不好意思麻烦修理工。"答说。

曲宪忠急了："泵坏了，早干啥去了？"

水跟不上，小苗说死就死了，那可就不是死三五棵的事了！

曲宪忠马上给董占坤打电话，让他把修理工喊来。

又组织董占坤、李涛、刘明亮，以及附近乡镇领导，协调周边村的水泵支援，将周边凡是能利用的水泵全部发动，连夜灌苗。

曲宪忠经常挂在嘴边上的话是"责任"："威县梨园如果干不好，是我的责任。我是来帮助大家给大家解决困难的，不是

来给大家添麻烦的。"

邻居和老朋友、老伙伴的玩笑话无所谓，关键是老曲的脾气张玉芬知道，别看老曲快七十岁的人了，干起活来不要命。他一个人在外地，风里来雨里去，张玉芬不放心。

百般劝阻无效，张玉芬只好决定：陪曲宪忠一起来。

其实，张玉芬的身体并不好，通常情况下是需要照顾的；曲宪忠有九十多岁的老母亲在定州老家需要尽孝；上小学的小孙女因为想爷爷经常打电话让他回家……

这天下午回来，跟随曲宪忠一起下乡做技术指导的于春亮一看气氛不对——老太太不高兴了。以前老太太可都是笑呵呵的，对大家特别随和。在大家乘车往食堂走时，老太太一上车就板着脸，不说话。当于春亮去后厨操作间通知师傅炒菜时，忽然听到他们在前厅吵了起来。于春亮急转身回来。曲宪忠看于春亮转回来，脸上有点不好意思，小声对妻子说："去去去，孩子们都在这儿呢。"张玉芬说："我今天即使只有自己一个人也要回石家庄，你就在这儿待着吧！"说着就往外走。于春亮急忙拉劝。张玉芬特别激动，她虽然年纪大了，但挣扎的劲儿不小，挣着挣着，眼泪流了出来。

曲宪忠连忙给老伴儿赔不是："我错了，我错了。"

"曲宪忠，你就自己过去吧！你也别管我，就管你的梨树吧！"张玉芬气鼓鼓地说，"你也不是三四十岁的年轻人了，这样不在乎自己，整天没时没晌的，连饭也不按时吃！"

此时，曲宪忠像个做错事的小孩儿，连连给老伴儿说好话："以后不这样了。"

大家也纷纷劝老太太别生气。

张玉芬说："我没生气，我是生我自己的气。我就不该关心他，让他自己跟梨树过去吧。一天到晚长到梨园才好呢！"

其实，曲宪忠与妻子感情甚笃，两人相濡以沫，多年恩爱。他每年有近三百天在威县。张玉芬知道他的脾气，工作起来就忘记时间。今天，曲宪忠早晨不到八点半就去梨园，中午没休息，天黑才回来，张玉芬心里很不舒服。

张玉芬患有眼疾，晚上几乎零视力。平时，陪同人员接曲宪忠回来后，再去他们住的地方接老太太来一起吃饭。有时太晚了，老太太就自己去大街上随便吃点儿。这些，她都无所谓。"可是，他不能天天这样！这么大年纪了，身体万一出点事儿可咋办！"

这一场劝，好费劲儿！

张玉芬和曲宪忠是大学同学，她也是一个很能干的人，为了支持他工作，把自己的事业都放弃了！在生活中，一再让着他。

这时，张玉芬多年来一直压在心底的酸甜苦辣喷涌而出："你当公社书记时，你工作忙，我为了支持你工作，把副行长都辞了（张玉芬曾任迁西县农业银行副行长），一心操持这个家。我生孩子，你都没陪在我身边。忙！忙吧，我生了两个孩子你都没伺候过我。生了孩子都是我自己一个人管。老人身体不好，你也帮不上忙。上班前，我拿小绳拴在儿子腿上，另一头拴在桌子腿上，给孩子放点干粮放点水就去上班。中午下班，着急忙慌回来做口饭，再把孩子拴到桌子腿上……"一边说一边转

过身对几个跟着的学生说，"你们老师就是一个工作狂，他没关心过我，没伺候过我，也没关心过孩子。曲宪忠他就不是人！"张玉芬越说越生气。

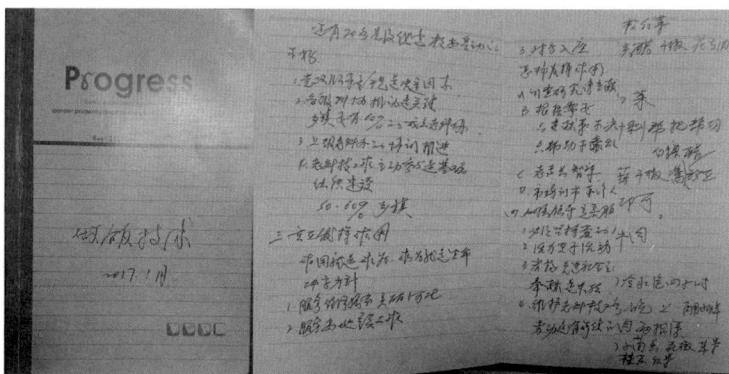

为了弥补对家庭的亏欠，曲宪忠自学炊食技术，这是他记录的菜谱

"我不是人，我是神！"风趣幽默的曲宪忠，想逗妻子开心。

自从曲宪忠检查出脑血管有轻微堵塞（脑梗）后，张玉芬就对他吃饭总是少时没晌这习惯开始控制。每每说起来曲宪忠工作狂、不顾家、不按时吃饭休息这些事儿，张玉芬都会止不住掉眼泪。

"我管了他一辈子，还是没管住！"张玉芬流着泪说，"他总是拿我说的话不当回事儿。"

"我不管你了，不跟你置气了，我走！你自己在这儿吧！"

这一次，老太太是真急了，拎起包就往汽车站走，非要自己回石家庄。

技术员吕燕亮和司机劝不回，李涛去了也劝不回。

李涛只好无奈地回来给曲宪忠说："你去说好话吧，俺们是完不成这个事了。"

曲宪忠可不是给妻子说好话的人，这一次，却不得不软下来。

西沙河流域贯穿威县北部近二十八公里的梨产业路，全是土路。

村里的老百姓看到曲宪忠一伙走在这路上，感到很新奇——他们还从来没有见到过这么老的一位专家和这么年轻的大学生天天在田地里像农民一样劳作。

曲宪忠带着几个新招录的大学生，天天奔走在风沙荒地里。他们乘着小面包车，稍微开快一点儿就尘土飞扬，黄沙遮眼，弥漫了天地。风沙旋着落在车窗玻璃上，像雨水哗哗落下。

他们干活儿口渴了，去村里小卖部买瓶水。瓶上一层土，有的年轻人即使渴了也喝不下去。小卖部主人问他们是干啥的，他们说是县林业局的，对方好奇地说，没见过年轻人来这边工作的。看他们跟看猴子似的稀罕。这村里大多数是上岁数的人，年轻人都外出谋生了。忙碌一天，回到宿舍打盆水，把脚往水里一放，不用搓，盆里就漂起一层沙土。

他们早晨八点吃饭，八点半准时下乡。下午两点半出发，跟正常上班一样。他们总是转着转着就到了晚上七八点。七八月是威县最热时节，他们必须带着藿香正气水，因为说中暑就中暑了。曲宪忠头戴草帽，肩搭毛巾，衣服透湿，擦一下汗，喝口塑料杯里的水，接着干。夏天搞嫁接，蚊子咬得年轻人都顶不住，他一点事儿没有。

曲宪忠指导除萌技术

曲宪忠将近一米八的个子，身高体胖，壮实有力，精神矍铄，年轻人有时候都跟不上他的脚步，一点儿不像近七十岁的老人。用健步如飞可能有点夸张，但你绝对看不出他累。农村道路的沟沟坎坎，他很轻松地就迈了过去，跟跳差不多。于春亮提醒他，曲老小心点。他说，没事儿没事儿。

天气热，工作多，他整天在地里走过来走过去。忙碌一天，晚上吃完饭，给学生们交代一句：明天上午上班，我要看到设计图。年轻人只能加班做。为了适应快速的建园节奏，使标准化果园达到设想水平，他们连轴作业，一项工作紧跟一项工作。

冬天里，下着小雪，曲宪忠在果林里给农民讲授知识，一站就是一个半小时、两个小时。有时年轻人冻得直哆嗦，脚丫子生疼，他好像没有感觉，只是专心地讲着。

曲宪忠在雪中进行冬季修剪授课

那次他指导东鱼台村梨农修剪，剪着剪着下雪了，越来越冷，乡亲说："曲厅长，去家歇会儿吧，雪小了咱再说。"他说："瑞雪兆丰年，是好事，又不碍咱修剪的事。"

曲宪忠在修剪梨树

曲宪忠有个习惯，用他妻子的话说，就是"毛病"。他总喜欢在饭桌上聊工作，聊起来就没完没了。本来大家忙累了一天，想着快点吃了饭早点儿休息，可是，每次饭一上桌，他就开始了："回顾回顾今天，咱们都干了点儿啥、哪儿干得不对。"一气能说半个多小时，也不管饭菜是不是凉了。这时，妻子张玉芬会说他："你快停了吧，孩子们都累一天了，你不饿孩子们不饿啊？"

吃完之后，把筷子一放，他又开始接着说，又能聊一个半小时。

如果有一天他发现了问题，吃晚饭时坐在饭桌前，就沉着脸不说话，大家就知道他有了不高兴的事儿，也都不敢吭声，沉默一会儿，他会说："有个事儿说说。"不是一个园里的技术人员落实某些事儿不到位，就是某乡里的负责人不积极，或者有关部门落实工作不及时。

老伴儿说他："吃饭吧，以后再说。"

"等我说完，不然我吃不下去。"

……

"燕亮，来来来，给我拍张照片。"

曲宪忠看着梨园热火朝天的卖梨场面，抑制不住内心的喜悦，整天乐呵呵的。

刚才曲宪忠问梨农今年能挣多少钱，梨农说，今年的梨长得好，市场上的梨价也高，又是一个大丰收，每亩最少能挣一万元，曲宪忠立即兴奋起来，走到一棵梨树下，兴致勃勃地让吕燕亮给他拍照留念。

曲宪忠果园留影

　　每年开现场培训会、室内培训会、评比会等各种会议的时候，他总爱给农民们讲一讲。他就怕人们不听，恨不得把自己肚里的知识一下子全倒给农民。

2019年，曲宪忠主持威县梨产业社会化服务组织技能培训班

"他来了就耐心地教，第一天教你没学好，第二天准来，继续教你。"河北昊康农业科技有限公司董事长冯连杰说，"曲厅长在世时，俺们当老板的特别省心。梨园该干啥了，曲厅长提前几天就会打电话提醒俺。如今，曲厅长去世了，再也没有人提醒俺们了。就像家里有老人给操心，老人不在了，没了依靠。心里一下子没了着落。"

曲宪忠手机里存着一千多个电话号码，一多半是威县人。平时来威县，不进单位，直接去地里。他把每一个园子的情况，看得仔仔细细。如遇特殊情况不方便来，他就让梨园主发照片，电话里随时指导，一聊能聊一个多小时。

"他比自家的事还上心。他在村里遇到个事儿，比如该打药还没打，或者他感觉在讲一个非常重要的环节但梨园老板或技术员不耐心听、不重视，回去后，饭菜上桌，他不吃。他一定要给人说道说道。不仅给你说了，你还得马上当着他的面给他们打电话，看着你安排妥当才吃饭。那个劲头儿，可大着呢！"李涛说。

"你说你李涛这个县林业局局长办不了，好，我找县长找书记去。"

一旦他发现哪里有了问题，无论刮风下雨，肯定会去。到了园子里边，手把手地教，反反复复地说，有布置，有检查：我给你说了，你应该怎么干，过几天我还要看看你干了没干。

不抓则已，一抓到底。

可令曲宪忠苦恼的是，总有个别梨农不听他的正确指导，硬管又没法管，他就着急，就在会上反复强调。

他非常善于抓典型，注意培树典型，用典型来说话。他抓典型不只抓正面，还抓反面，这是他非常鲜明的一个工作特点。每年在县里"三干"会上，或在梨产业总结表彰大会上，讲到不按标准管理的一些现象，他讲着讲着就激动得站了起来。

梨园主都尊重他，因为他不是光说不干的专家，他不怕苦不怕累，自己下手干，一遍又一遍做给你看，给你示范。

他不怕得罪人，有事解决不了，他先找县林业局领导反映，催着县林业局领导向县委、县政府汇报，想法使县里领导重视。

在来威县的第三年，他对威县县委书记和县长说："三年了，我走了啊。"书记、县长恳切地说："您扶上马，怎么也得再送一程。"

他知道，搞好一个产业离不开县委一把手的支持，他在威县历经五任县委书记，每换一任书记，最担心新书记不支持，每次在老县委书记离任、新书记初来之时，总是给新书记提前说："我岁数大了，以后不当这个顾问了。"

了解他的人知道，其实，他不是真想走，而是试探新领导，看看新领导支持不支持梨产业。

威县领导班子有个好传统——政策的连续性很强。曲宪忠在威县能坚持十年，把威县的梨产业做大，与威县县委、县政府政策的连续性有直接关系，几任书记协调得很好，否则，曲宪忠也很难在威县搞起梨产业。

曲宪忠只要感到威县县委、县政府领导有一点儿松劲，马上就会找领导交流。可以说，在一定程度上，这个产业不是威县催着他干起来的，而是他催着威县干起来的。

"不建则已，建就建最高标准的。暂时省时省力，将来没出路。"曲宪忠说，"咱不能搞半拉子工程，也不能半途而废，一定要让农民从中受益，脱贫致富！"

他提出一个口号，定了一个努力方向：绿色双 A 级标准、规模化经营。

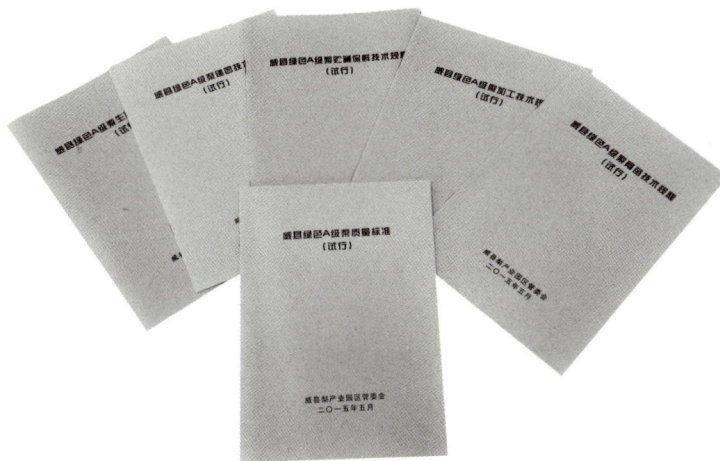

曲宪忠设计的《威县绿色 A 级梨质量标准（试行）》

他按照中央一号文件精神制定发展规划，避免像以前那样散漫自由发展，那样没有竞争力；讲究标准化、规模化、机械化、科学化。他实行"二六二模式"："二"，即规模化龙头企业，起带动作用占比百分之二十；"六"，合作社跟着学，占比百分之六十；"二"是散户、小户，占比百分之二十。大多数靠合作社，就是要让大多数老百姓富起来。

一次，在聊天时，曲宪忠问刘明亮："老刘，这快十年了，你说咱们为县委、县政府提的那些法儿，有错的没有？"

刘明亮肯定地说："没有。"

曲宪忠说："对。每一项措施出台之前，我都考虑好了它的好的结果和坏的结果。坏的结果出现了怎么办，我连补救的办法都想好了。"

联查，是曲宪忠每年组织的一次重要活动，联查人员包括县委书记、县长、县人大常委会主任、县政协主席和梨园老板代表、果农代表，联合检查各个梨园的情况。

曲宪忠说："联查是展示我的成绩啊？不是。实际是让大伙挑毛病、检查我的错误的。"

"我这一年干得怎么样，你看看这些梨园、这些树、这些果怎么样。我自己说自己卖了多少力气有什么用呢？"

四 "就怕你们接受不了"

贺营镇袁家庄村原支书郑继奎，今年六十四岁，早年在石家庄干过保安，做过暖气安装，当过协警。2011年，郑继奎被选为村党支部书记，2020年退休，曾因种梨被评为威县"先进村党支部书记""两星支书"、县人大代表。

"俺村原是一个贫困村，一说袁庄，没人愿意来，包村干部都是抓阄派的……袁庄人对种梨也不积极，怕政府没准儿、地租给不了，弄几天就走人，留个烂摊子没人管。

"2012年11月，曲厅长与县上几个领导一起来俺村测验土质，剜探坑。他是真干啊！小袄都浸湿了。我第一次看到这么大的干部拿着铁锹这样干粗活儿的。

"作为村干部，我们挨门挨户去给群众做工作，宣传政策。其他村每亩给八百斤小麦也弄不动（一斤小麦合一元多），俺村只用五百块钱就说好了。

曲宪忠在威县常庄镇孟村梨园指导大树改接技术

"曲厅长一看，呵，袁庄这么顺啊！

"我替别人代管理着五十亩梨园。我自己不行，既不会技术，又不懂管理，全仗着曲厅长，曲厅长给我想办法、支招！有曲厅长的指导做保障，还愁啥？！"郑继奎介绍，"大夏天热乎乎的，干到饭时了，让他来家吃饭，他不，一次也没吃过。工作再晚也要回县城单位食堂吃。"

"我有一阵子没见他，后来见了他说：'曲厅长，我还以为你走了哩。'他说：'走不了，等你们都富了我再走。'

"俺村是邢台市较早实行土地流转的村，也是较早真正把梨产业作为发家致富手段的村子。俺村要不是土地流转种梨，还发展不起来呢。

"曲厅长与县扶贫办协调，每亩再给一千块钱，作为入股资金，到时分红。每年一百块钱利息，初定五年。现在已经七年，村民都不愿意退。

"我们村是邢台甚至全国较早实行'三金'的村子：租地有租金、打工挣薪金、入股挣股金。从2013年至2014年，我们村人均收入不到两千元。到2016年，就达一万多元。敬老院也盖起来了。

"俺村三百一十多户，不到一千二百人，在城里买楼的就有二百多家，大小车近三百辆。之所以俺村百姓过得这么好，和种梨有很大关系。

"有一阵子，各级领导和社会各界来俺村参观的几乎没隔过天。中央也来人，省里也来人。

"有一年，中宣部组织了一个采访团，有新华社、《人民日报》等多家权威新闻媒体。其中《扬子晚报》有三个记者在俺村蹲点采访，就住在我家，一直采访了两个月，写了六七篇新闻，都是整版整版的。要不是曲厅长，怎么能弄这么大动静！你想都不敢想。"

曲宪忠刚到威县就特别重视鱼堤村，鱼堤村有数棵两百年以上的老梨树，上百年的更多。这是威县搞梨花节时的主要场地，还曾在这梨园里搞过"马拉松比赛"。

其时，威县有两三万亩梨园，皆是零零星星的散户。只有一个鱼堤村，基本上家家户户种梨。鱼堤村有位好支书、领头雁张桂听。张桂听思想超前，思路开阔，能紧跟市场。市场需要黄冠梨，他马上让乡亲把鸭梨改成黄冠梨。那时，鱼堤村有黄冠梨一千五百亩。

鱼堤村的传统是种雪花梨，需要改接品种。威县梨产业办在村里有近十亩试验田，种了四十多个品种搞试验，试验成功后再向全县推广。

"曲厅长为我们村带来了先进的思想和技术，将我们的传统技术与他的先进经验相结合，改成秋月梨、新梨七号和雪青梨。"张桂听介绍。

"俺都种了那么多年梨，自认为啥技术都知道。曲厅长的一些新技术新思想一时接受不了。曲厅长一次次来村里给我们讲课，耐心解释：'桂听，不行，咱们的传统技术太老了，还得结合新技术才行。'

"老百姓感到，一嫁接，梨树就要闲一年，影响收入。曲厅长语重心长地劝我：'桂听，还是嫁接一部分吧。'我先少嫁接了一些，曲厅长隔几天就来看看。提醒我：'你们村减产了不行。'他这人不怕辛苦，就怕你接受不了，就怕产量低了。一听说老百姓的梨园有事了，不管什么时间，马上赶来。

"第二年，那秋月梨、红香酥、新梨七号、雪青梨，长得特别大，品质也好。原来的老品种一般卖一块多钱一斤，新品种能卖三四块钱。

"曲老明白，梨长好了，丰收了，销售最关键。销售不出去，种得再好也没用。当今时代，酒香也怕巷子深。他只要听说哪里有市场信息，马上联系有关人员采取对策。

最后一站

曲宪忠在"三园"（状元园、管理示范园、进步园）评比观摩中
介绍梨树生长结果情况

"那是 2016 年，正是梨熟时节，市场一天一降价。百姓们愁啊！我马上给县委书记联系，书记说与曲厅长，曲厅长说，不用着忙。一是入库，一是我给你们找梨商。曲厅长与赵县梨商联系，在第三天，就使价格涨了五毛。而小户梨农并不清楚其中原因，只有少数几个'梨头'知道是曲厅长努力的结果。

"曲厅长特别谦虚，他让我看他写的新品种情况、管理经验、各方面怎么管理治理，问我有什么需要改进的。他说，你们这么大一个梨园，思想只要扭转过来，新老品种一对比，一个在天上一个在地下。"

鱼堤村的张群欧，今年五十八岁。他 2003 年进村委班子，曾先后担任村委委员和支部委员。

说起曲宪忠，张群欧就情不自禁地赞叹，他说："曲厅长来一回，讲一回，各种技术无所不讲。"

"老支部书记张桂听，组织土地流转三百多亩。老百姓一时不认可。我也不知道行不行。但自己是村干部，自认为觉悟比一般百姓要高。我与曲厅长第一次见面就聊了很多，他就定准我那块地了。

"我拿出十亩地让他做试验，进行合作，做采穗圃。我这个园的名称就叫鱼堤采穗圃。所有新品种都在我地里试种，成功后再向外嫁接，接着再向全县推广。全县梨树的芽都是从我地里出的。乡亲们见新品种效益好，纷纷种起了梨树。从起初的一千亩老品种，渐渐发展到三千亩新品种。"

章台镇南镇村原党支部书记张庆慈说："俺们村自古就是出了名的穷地方，县领导提起南镇村来，没有不头痛的。

"俺村只有一千四百多人，是革命老区，出过许多革命英烈和著名人物，还出过许多大领导。特殊的历史背景，使俺村人既讲义气又有个性得很。"

张庆慈连续十八年任村党支部书记，是威县唯一一名"十星级村支书"。他因为种梨带领村民脱贫致富成先进，被提拔为章台镇政府领导干部，主要负责种植和建设梨园，经常去别的乡镇讲种梨经验。

南镇村在威县有两个第一：全县种梨第一村，销路第一。威县百分之六十的雪青梨是由张庆慈销往各地的。

张庆慈与吕志成是老朋友。2012年，威县准备发展梨产业，时任县长吕志成第一个就把张庆慈叫到办公室，说："我接触了一位老领导，这人相当不简单，曾任省林业厅副厅长，咱在一

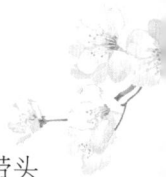

块儿研究研究这个事。下周我要在全县开个扩大会，谁能带头发展梨树，县里就给他最大的支持。"

扩大会上，曲宪忠问张庆慈："你说你能发展多少亩？"

张庆慈说："以前俺村有一千二三百亩梨树，但很散乱，许多人都不知道怎么种，种了多年不挣钱，无奈砍了几百亩。"虽然张庆慈有心，但不得不实话实说，意思很清楚：有一定困难。

曲宪忠便多次去南镇村，苦口婆心动员群众继续种梨。

张庆慈对他说："曲厅长，俺私下给你说一下，你也知道，要想富，就得先修路。俺们章台镇通往张营乡杨庄桥往西的一个乡间土道，只有三米宽，要是能把这条道修好，我们出入田里方便了，我就先带头种。"

曲宪忠说："行，我跟县里沟通。"

张庆慈当即说："如果给俺村把路修好了，发展五百亩没问题。要是真正支持力度大，我能发展到一千亩。"

南镇村有五百亩机动承包地，村委能做主。

得知南镇村这情况，吕志成当即对张庆慈说："行，那就定你这儿。"

经曲宪忠协调争取，很快给南镇村修好了一条五米宽的公路，直通106国道。百姓一看，路修了，看来县里是动真格的，心里一下踏实了。

开始，种梨方式张庆慈都听曲宪忠的，严格按他的指导。在曲宪忠的引导下，张庆慈渐渐有了自己的见解，走向自主创新发展。

张庆慈说："起初曲厅长是不赞成我这儿种雪青梨的，他建议我种新梨七号和秋月梨。我认为，虽然秋月梨口感好，但我有自己的经营方式。我与南非梨商有联系，他们专要雪青梨，有多少要多少。所以，我只种了雪青梨。威县的雪青梨基本上是我卖的，不仅价钱高，市场还稳定，得到曲厅长的认可。

"县委书记组织全县四套班子，还有全县所有村党支部书记、种梨大户、各乡镇党委书记、各局局长，三年之内，来俺村大型参观九次。

"我最初发展梨的信心非常高。章台镇三十个村，村村有梨树。我主推的雪青梨，管理简单。凡是我去讲过课的梨园，保证有利润，此梨价格每年递增，疫情期间都没受影响，六七年了，一直稳产稳销。俺收的梨全部出口南非了。"

南镇村现任村支书张义德说："俺村有四百多户，三千多亩地。百姓没别的能耐，除了外出打工，就是种地。

曲宪忠在"三园"（状元园、管理示范园、进步园）评比观摩中介绍梨树生长结果情况

最后一站

040

曲宪忠向梨农示范梨树拉枝开角技术

"农民只想尽快见效，一般不从长远考虑，一年不挣钱，立马就会换。按农民的话来说，种梨三年以后才能见收入，我这三年吃啥喝啥。有一段时间，有人荒废了梨园，见别人种梨树挣钱了，又后悔了。

"我认识曲厅长是在一次观摩会上，他说：'呀！你这个村支书岁数不大啊。你加我个微信，留我个手机号，回头有时间找我一趟。'两天后，我给曲厅长打了一个电话，曲厅长说正在一个村里忙。第二天，我又给他打电话，他说，他今天还得出去。又犹豫了一下，说：'要不你这时候来吧。'见了我，他说：'小伙子，为什么叫你来，首先看你年轻，有干劲儿。你看看怎么把你村的梨树管理起来。要想办法调动百姓种梨树的积极性。'我说：'这怎么调动，叫他们种他们不种，咱有啥法子！'

"曲厅长就给我讲了一些种梨树的好处。最后曲厅长说了一句：'咱县里有评比，你们村里也可以参加评比啊！因为你们村里有收入，如果没有收入，我可以给你协调，绝对支持你！'

"2019年，我们村有六十多户种梨，我搞了一套具体评比办法，年年评，凡进前十名的都有奖励。奖品有农药、化肥之类的。有一户种了十亩地，奖励他的农药和化肥够用一年。

"我种着一百多亩梨，都是别人不种的梨园。下一步再把那些顾不上种梨的人家的梨园承包了。只要他们肯给我，我就会接下来。"

刘明亮说："曲老讲的大理论、大方向、大发展、大规划、思路非常前卫。他看得远，一般人一时理解不了，所以，看着好像很固执。实际上，他特别虚心，善于吸收正确思想。

"好比曲老推广的杜梨建园最初时也只是听一个农民随口一说，他便上心了，便开始设想用杜梨建园。杜梨苗一块钱一棵，买一个码两毛钱，接一个码两毛钱，包括路费，总共仅需两块钱。一亩地栽八十三棵小苗，一百多块钱。而买嫁接好的秋月梨苗，一棵就要八块七毛钱。

"虽然梨树都是杜梨嫁接而成，但以前都是在苗圃里嫁接好，向外出售，栽的是嫁接好的小梨苗。如果用杜梨苗建园，岂不省钱得多？将杜梨苗直接栽到大块地里嫁接梨树没有先例，无经验可资借鉴，曲老认为，只要管理得法，完全可以。他探索的杜梨苗木建园方式，实现了当年栽植、当年嫁接、当年成活、当年成园。2016年，日本著名梨树栽培专家田中茂看了都赞叹不已。

"推广杜梨建园，是曲老经过周密思考的，是曲老的一大贡献！"

2016年，曲宪忠在春盛合作社梨园指导冬季拉枝工作

东鱼台村连沙土地都算上共有两千亩地，其中耕地面积有一千五百多亩。前些年，几百亩梨树总收入才一万多元。种了数百年梨树的东鱼台人，坚持到2000年，眼看实在没啥收益，只好都砍了。

祖祖辈辈生活在这片土地上，却时时被贫困所缠绕，东鱼台人只好背井离乡打工或做生意、搞企业或干别的，一千二百多口人的东鱼台村，在石家庄谋生的就有五百多人。出国闯荡的，东鱼台村比全乡其余二十九个村之和还多。长期在村里留守的只有二三百人。

曲宪忠来了，东鱼台村重燃梨情之火，沙荒地再起梨林，如今，东鱼台村有梨园五百亩，几乎家家户户有梨园。

四 「就怕你们接受不了」

我来到小赵庄村党支部书记赵立收的梨园里，只见梨树行横平竖直，枝杈有序，就像有意摆好的一样。说起梨园的管理，赵立收说："这就是曲厅长给我设计的。"

　　"我今年六十二岁了，我种的是秋月梨，这种梨树管理相对讲究更复杂一些，但是长得好，随便一只梨就有六七两，一亩地好梨能有一万多斤；卖的价格高，去年的早期果子能卖四五块钱一斤，我种的四亩地卖了五万多块钱。"赵立收说。

　　宋秀峰来自山东莱阳。莱阳本是全国知名产梨区，莱阳秋月梨闻名全国。宋秀峰家里以前是种梨专业户，由于农田减少，无法规模化种植，只身来到威县，承包了一百二十亩梨园。有人问他能挣多少钱，他不说，他只说去年光果袋就用了一百三十多万个，你猜猜他一年能挣多少钱？

2021 年 7 月 31 日，曲宪忠在霄海梨园指导采收技术

五 状元们

2023年中秋前夕，我去一家土产店领单位发的米面油，看到店里卖梨，上前细看，竟是"威梨"的一种——秋月梨。问老板多少钱一箱，说八十八元。又问能便宜些吗，说，中秋了，店里搞促销，这已降到最低价了，以前卖得更高。我打开箱子看了看，里边总共十个梨，一个正好八块八毛钱。便对老板感叹，这梨好贵啊。老板说，不贵，都说好吃，卖得特快。

威梨是曲宪忠打造的威县梨的"字号"——品牌。2023年10月，威梨又荣登"中华好梨"榜。说"又"，是以前获得的名誉太多。

威梨声名远播，黑龙江、甘肃等地，一说威梨，都知道是河北威县的区域公用品牌。威梨成为国家地理标志农产品，入选国家"名特优新"农产品名录，荣获国家级、省级荣誉五十余项，成为抗战胜利七十周年大阅兵、党的十九大、全国两会、冬奥会等重大活动供应梨果。威梨区域公用品牌被评为全国最受欢迎的梨区域公用品牌十强之一。2022年，威县初步建成现代化的生产、冷链物流、品牌营销链条，全县梨果产量达十四万吨，全产业链年产值十七亿五千万元。

2023年威县"华颐城"杯梨园赏花踏青活动

威县人说，若不是曲宪忠，就没有威梨。威梨有不少精品梨园，而威梨中的精品，多产于"状元园"。

什么叫"状元园"？"状元园"是曲宪忠为激励威县农民种梨而设置的一个奖项，旨在奖励优秀的梨园。"状元园"分几个等级，分别为特等奖、一等奖、二等奖，金奖、银奖、铜奖。奖金由县财政局列支。状元梨园由梨园园貌、管理水平、梨果品质等多方面决定。评选时，首先组织专家实地考察、检测。综合评分有硬性标准。评委有县里领导、梨产业办技术人员、梨园老板和专家，实行无记名投票，现场亮分，颁奖大会上，县领导亲自颁奖。

2022年"三园"评选现场观摩会

曲宪忠在"三园"评比观摩中介绍梨树生长结果情况

2022年8月30日，威县召开2022年秋月梨"三园"联查评比会议

河北省威县专供亚运会"威梨"交接仪式

高公庄乡大宋庄村宋德兴的梨园办公室里，挂着一排排奖状和奖牌，这都是他获得的荣誉。

宋德兴的梨园叫威县沃隆种植家庭农场，是从父亲宋俊江手里接下的，也就是前文说的因栽苗不标准被曲宪忠拔过两次梨苗的园子。最初他们只种了五十亩，后来滚雪球式扩大，至今已发展达二百八十多亩。宋德兴的梨园连续六年被评为"状元园"。

　　说起自己的梨园，宋德兴就感慨不已："最早认识曲厅长是去草楼听课，感到他非常认真。我问曲厅长种什么梨好，他说，像我这种情况，可以选两三个品种，有利于提高坐果率。听完课，问他能不能去我地里看看，他爽快地说行。中间隔了一天，他就来了。他给我介绍的几个新品种，我听都没听说过。在我父亲种梨时，全是雪花梨和鸭梨。曲厅长建议我种秋月梨和红香酥，比例掌握在四比一，这样更利于授粉。

　　"从那以后，曲厅长可惦记我这块梨哩，不用请不用叫，隔三岔五准来。我一有事就给他打电话，只要他在威县，一般都会说：'你等着，我一会儿就过去。'我不好意思，说在电话里说一下就行了。他说，电话说不如到现场更清楚。即使待个十分钟、二十分钟他也要来一趟。

　　"这么大的梨园，请个技术员要花多少钱？人家一分钱不要不说，比咱还上心哩！

　　"遇到正在收梨，我要给他装两筐，怎么也装不到车上。他说，你挣钱了，比给我几筐梨还高兴。"

　　宋德兴祖辈就有种梨的传统，虽然中断过一些年，到他十来岁的时候，父亲宋俊江又开始种梨，一直种了十来年。他曾卖农资十五年，头脑灵活，思想超前。家庭的熏陶和人生的经历，使宋德兴的理解接受能力比一般人要快。

由于自家有种梨树的经验，宋德兴和父亲开始对曲宪忠的种树标准难以理解。曲宪忠说，今年种了，后年就能结果，当时他父亲不信。后来听了曲宪忠的指导，2014年长枝条，2015年就坐果，五十亩共产了两万五千斤。2017年，产量远远超出他的想象。

"我这梨园是用黄豆作肥料的，产的梨口感好，每斤能多卖七八毛钱甚至一块钱。这一技术是曲厅长教我的。"

宋德兴的梨怎么好？用宋德兴的话说，就是"产量高、品质好、销售好"。"我的梨，是威梨中的精品，人们都知道'威梨'成了冬奥会招待水果，其中就有我的梨。"宋德兴自豪地说。

"我那个园，是2012年县老科协做示范的园子，那时曲厅长还没来威县。"

草楼村的丁勤文也忘不了："那时我只有二十多亩秋月梨。一个偶然的机会，认识了曲厅长。曲厅长听说我种梨树挺高兴，说了几句客气话，就算认识了。没想到，自此后，曲厅长竟然一直帮了我十年！"

丁勤文的梨园曾连续三年被评为先进梨园，一个先进奖、一个贡献奖，去年还评上了"状元园"。

"其实，我没啥水平，都是曲厅长传授给我们的技术和管理方法。有的农民一看种果树不行，就想把树刨了。曲厅长一再跟我说：'勤文，你不能只管自己，你得帮帮别人，办个合作社，把村里的种植户都带动起来。'

"他说三年结果，有老百姓说，谁不知道'桃三杏四梨五年'。看吧，这人瞎吹两天就走了。结果三年之后树枝上真挂梨了，亩产梨达一千斤，老百姓很高兴。并且，又发现这老头并没有走的意思，明显是要一直干下去。

　　"在曲厅长的指导下，俺村以支书的名义组织了一个合作社。村里领导信任我，让我来管理。成立合作社后，我的梨园发展到了现在的一百八十亩。别看这园子规模不大，在管理上可是一流的。

　　"现在，合作社包括好几家的园子，我说打什么药，都打什么药；我说施啥肥，都施啥肥，统一管理。别说大户，即使十四五亩的小户，一年纯收入也有十四五万元。

曲宪忠冒雨检查果园

"这不，昨天有一对夫妻从山东冠县来我这儿看梨了，他们是真相中我这梨了！他们说：'没见过像你管理这么好的。'他们一下就把整个梨园包了。园子不行，人家谈都不谈。

　　"曲老有一股子不把威县梨产业做大做强不甘心的韧劲儿。有人说他脾气固执，你不按他的做法就不行。因为他就担心你出错。你挣钱也不给人家！我跟他并没什么私交，无非是梨产业搞培训时去听听课。他来梨园后，问有什么病虫害什么的。到下梨的时候，顶多摘两个梨看看表皮怎么样，连吃都不吃。

　　"有一天下大雨，我们都在家里玩儿，梨产业办的于春亮来电话问我在哪儿，我说：'下雨了，还能在哪儿，在家玩儿呗。'春亮说：'赶紧过来吧，我跟着曲厅长在你地头儿立着哩。'我说：'怎么下着这么大的雨过来了。'春亮说：'曲厅长非要过来看看。'七月因为雨季的高温、高湿，梨叶最易出现病害，梨树一落叶就完了。听说他们是从其他园子转过来的。只见曲厅长头上身上全是水淋淋的。曲厅长见了我就问：'你打药了没有？'我说：'怎么了曲厅长，你看见毛病了？'他说：'我看你这个还没出毛病。'我说：'我刚打了药，雨前打的。'他说：'你还真不赖，我发现几个园，病害还是不少。'他对我嘱咐了一回，又冒雨去别的园子了。

　　"人家那么大的领导，又不缺钱，来这儿干啥！他说过，他是农村穷家出身，学的又是农技，要用在农民身上。你在地里一边干活儿一边给他拉话，他能一直给你拉。你坐着喝茶水空拉，他不给你拉。

　　"那年，他问我：'勤文，你的收益能达到多少？我看能卖到

三块五六毛（每斤）。一亩地能卖到一万七八千块就差不多了。'
下果时，曲厅长转到我这儿。我自己的已经摘完了。我给曲厅长说，已经超过这个数了，说着伸出两个手指，意思是每亩已卖到两万块钱。他特别高兴，笑呵呵地走了。即使在全国来说，我认为，效益最好，卖价格最高的，就是我这儿种的秋月梨。不仅在国内，还出口韩国、非洲。"

冯连杰今年五十九岁，他的河北昊康农业科技有限公司有六百亩梨园，建于 2014 年，从建园到嫁接，都是由曲宪忠亲自指导的。

冯连杰说："像威县这样一家公司几百亩上千亩大面积的梨园在全国也并不多，外地这种模式的并不多见。曲厅长想着，我在威县搞的是高品质的梨园，价格就要卖得高。

"威县最大的梨园达两千多亩。我这儿属于小中型梨园。曲厅长坚持园子不让打除草剂，要求人工除草。我这个园子每年人工除草就要投入二十多万元。上有机肥，纯无公害绿色食品。曲厅长的目的就是要创威县名牌。始终按绿色食品园来做。你看那个墙上，绿色食品使用农药清单。果树有虫，严格按规定打国家指定的无害有机农药。不在绿色食品范围的农药绝对不用。我这个公司，梨的口感和品质是一致的。曲厅长给定的价格一般都比较高。曲厅长说，我们威县的梨就是好吃，就应该卖高价钱。"

我采访时，见威县司家庄的村民司春发，正忙着给自家的五亩梨树疏果、套袋。他说，以前，家里债台高筑，现在一亩年均收入过万元，梨园成为他家收入的主要来源。

"我得好好干，否则对不住曲老。"司春发与曲宪忠因梨结缘，"要不是曲老，我八成还吃着低保呢！"

过去，红龙集村沙土不养人，贫困人口多，五十一岁的胡瑞允家里一度入不敷出。他把地流转给龙集梨园后，又跟着曲宪忠学技术，现已成为一名远近闻名的"土专家"，每月收入四千多元，加上爱人在外打工，家庭年收入超过十万元，"没有曲老就没有我家的好日子！"

……

这些人说的可不是虚言，请看一条新闻——

中新网河北新闻（2023年）9月15日电　（张鹏翔　赵国华）日前，由国家梨产业技术研发中心、全国梨产业协作组等单位主办的第四届全国梨产业发展学术交流会暨第二届"中华好梨"品鉴推介活动举行。在评选活动中，由河北省邢台市威县农业园区推荐选送的威县洺果投资有限责任公司、河北昊康农业科技有限公司"威梨"样果，双双荣获"中华好梨"称号。

据悉，本届活动共有来自23个省120多个市选送的113个梨品种，共计389份样品参加"中华好梨"评选。

由来自国内21家高校、科研院所的34位全国知名梨产业技术领域专家组成的评审组，从梨果大小、果皮色泽、果面光洁度、果形、整齐度、糖酸、汁液、风味等多个指标对参评样品逐一进行了严格且专业的评分，

最后按照分数高低评选出相应奖项。"中华好梨"属于行业最高级别奖项，标志着"威梨"已经跻身全国好梨一流行列。

　　近年来，威县积极推进产业富民发展，在西部西沙河流域建设梨果产业带，打造"威梨"品牌，通过实施"企业＋农户"的利益联结模式，为农民创收开辟新路径。截至2023年9月，该县已建成标准化梨园200多个，梨树种植面积达10万亩，生产过程全部采用绿色A级梨生产技术标准，年产优质梨果超13万吨，威县成功入选国家梨产业集群项目重点县，"威梨"品牌入选中国最受欢迎的梨区域公用品牌10强，辐射带动全县104个重点村的10.3万名群众增收致富。

"威县梨"地理标志登记证书

曲宪忠察看农业电商平台销售梨果情况

　　威县县委书记崔耀鹏介绍："曲宪忠同志特别会利用表率引领作用，培树了不少龙头企业，像龙集、国劳、利派尔、宜家农场等，起到了很好的带头作用。设立'状元园'，是他旨在打造亮点梨园、一流的梨园，出精品果、出特级果、出品牌果，出技术、出效益。既然是状元，就什么都要第一：产量要第一，质量要第一，效益要第一。规模上、投资上、管理上、效益上、服务上都走在前头。这既是他抓点的一种工作方法，又是一种督促其他标准梨园提档升级、加强管理的一种示范，更是威梨产业平台建设的需要。"

曲宪忠在洺沃梨园查看花芽分化及倒春寒影响

曲宪忠在二顺梨园指导网架形秋月梨整形修剪

曲宪忠在沃康梨园培训工人冬季修剪技术

六　可变景区的果园

　　曲宪忠在职期间，曾担任中国经济林协会常务理事兼干果委员会主任委员。这个干果委员会，其中有核桃和红枣产业，是专业委员会中最活跃的学会。在国家林业局（今国家林业和草原局）评选的"中国十大核桃优秀人物"和"中国十大红枣优秀人物"中，曲宪忠皆榜上有名。

　　这两个荣誉，有的人努力一生难得其一。有人担心一些人有意见，国家林业局一位副局长说："没事儿，授给曲宪忠这个荣誉，全国林业系统干部职工都心服口服，授予别人不一定。在全国厅级林业干部队伍中，谁拿得动剪子？只有曲宪忠一人！"

　　多年来，曲宪忠职务多次升迁，一直没有丢掉自己的专业，一直在钻研林果技术和产业发展。

　　在任时，曲宪忠讲课只讲到县级。来到威县，他不但在县里讲，还到乡里讲，去村里讲，进果园手把手地教。

曲宪忠在林果业创造了几项全国闻名的"理论"。

如今，"围山转"这个词在山区人人皆知，而知道这个词来历的，恐怕为数不多。其实，这是曲宪忠最早提出的。

虽然"围山转"从前一直有人在搞，却并没有这个提法，又不系统，不成规模，都是零散的、片段式的，更没有形成理论体系和思想，而是老百姓祖祖辈辈流传下来的无意识行为。曲宪忠在迁西任林业局局长期间，对此进行总结、概括，上升到理论高度，形成了一套理论体系，找到了中国如何利用山地资源实现荒山绿化、造福人民、提高森林覆盖率、改善生态环境的一种山区综合开发模式，曾受到国务院副总理田纪云的肯定。这个理论涉及全国数百万亩荒山，经国家林业局向全国推广，影响巨大，全国有一半以上省份派人到迁西县学习。

不仅"围山转"，现在果农人人皆懂的"果树拉枝技术"产生了巨大经济效益，这也得益于曲宪忠的大面积推广。

河北省是世界公认的梨果发源地之一，也是全国最大的梨主产区。河北梨的种植面积、产量、出口量均排在全国第一位，而辛集市又是河北省生产黄冠梨最多的地方。当时，由于梨树虫子成灾，口感差，梨农贱卖到五元一筐，两元一篓，甚至不少人家将梨倒进路沟，更有甚者将梨树刨掉。

河北省委一位主要领导很心痛，问河北省林业厅："咱河北省梨树最多，这一刨不就没了？"意思说：河北省在全国"种梨老大"的地位不就没了？当时分管林业的曲宪忠明白，领导问林

业厅，实际就是在说自己。没了梨，河北果树还有什么呢？怎么给国家交代？这可是河北省在国家林业行业挂上号的特色，得想法改善。

怎么办？

曲宪忠当天晚上就带着果桑处、造林处，负责项目的计财处处长、副处长，进驻辛集开会、考察、调研，甚至带着铺盖卷到辛集市一个叫东张口的种梨村，一住就是数天。

他提出了"产品调新、质量调优、基地调大、企业调强、效益调高"工作思路。针对辛集市，他提出"树上调结构"，调优品种，调整产业结构，实现优质高效。

他把农民祖辈留下的老鸭梨、雪花梨树全部更新换代，换成黄冠梨，火爆了市场，老百姓足足赚了一把。

如今，黄冠梨已成为我国种植规模较大的梨树主要品种之一。如果你路过今天的辛集市，会看到公路两边有很多果品收购站、冷库，生产果筐、果篓、网套等健全的产业链，要啥有啥。

曲宪忠还在行唐推广种植枣树品种，在井陉县推广种植苹果品种，以及一些核桃品种，皆成为闻名全国的品牌。

六

可变景区的果园

20世纪80年代，曲宪忠（右）在唐山市任农工部副部长时参加
唐山市干部运动会

20世纪90年代，曲宪忠（正中）在唐山市迁西县参加全省果树管理
现场会，听取"人民满意的公务员"、时任迁西县林业局局长刘宝华
介绍该县果树管理经验

曲宪忠（中）在藁城指导梨生产管理

21世纪初，曲宪忠在保定顺平太行山柿子基地考察

六

可变景区的果园

2000 年 11 月，曲宪忠（左侧前排着白色外套者）在廊坊市
世界银行贷款造林项目区

河北省在白洋淀上游搞水源涵养林，德国无偿援助。这是 1999 年夏，
德国林业代表团团长艾德（右一）在涞水县太行山区检查项目成果。
曲宪忠（中）陪同检查项目成果

2006 年 3 月，曲宪忠（中）在辛集市

2012 年 5 月 11 日，曲宪忠在南京卫岗考察国家"十五""十一五"
科技攻关重大专项示范牧场

曲宪忠参加河北省 1993 年春季果树管理现场会

曲阳农民陈宗堂请教曲宪忠的信

曲宪忠（左二）在辛集市东张口考察指导

在职期间，曲宪忠积极推动经济林树体改造和品种改良达一千多万亩，为实现河北省林果业结构调整和提质增效做出重要贡献。

曲宪忠刚到威县时，犹如面对一张白纸，从无到有，从有到优，竭心尽力搞好威县梨产业，改变的不仅仅是百姓的经济收入，更是思想观念；不仅仅是种梨树的问题，而是农业发展思路问题。他改变了威县农民甚至干部的发展理念。现代农业到底应该是什么样子，曲宪忠给出了答案。曲宪忠提出将"梨园变公园，园区变景区"，策划举办"梨乡花海"马拉松赛等多种文体活动，加速梨产业与乡村文化、休闲旅游深度融合。

梨花节观光散步

梨花节迷你马拉松活动

有专家说，威县这十万亩沙荒地作为梨树新品种种植生产基地，证明了威县从传统农业到现代农业的转型升级。这具有划时代的意义，甚至在全国的农业种植史上都是一次革命。

专门经营梨出口业务的河北泊头东方果品有限公司董事长郭玉森经常来往于欧美国家，2015年，当他看到威县的标准梨园，大为惊讶："原来咱中国还有比欧美国家种植模式、种植特点更好的地方！从南到北，四里半长，一眼可以看到另一头。一个梨园一千亩。每一棵树都由卫星定位。龙集梨园两千八百亩，里面的路有一环、二环、三环，在传统农业时代，哪儿有环路啊！"

曲宪忠爱人和孙女在梨园

这十万亩梨园，涉及一、二、三产业：第一产业搞种植，种梨；第二产业搞储藏加工；第三产业是物流，鲜果销售。以至延伸到文化产业、旅游产业，休闲采摘园。

河北省一位领导来此园考察时，感叹道："这些梨园可以直接变成景区！"

其实，"如何使生态和强县富民结合起来？""贫困县要兼顾生态效益和经济效益，在收获优美生态的同时，也要让群众收获财富，选准产业才算选准路子。"这一直是曲宪忠刚来威县时反复思考的问题。

作为威县本土专家，刘明亮说："曲老找到了一条在平原地区县既能改善环境，又能富民强县的双赢路径。"

学生时代的曲宪忠

曲宪忠的老家在定州市东亭镇一个叫土厚的普通农村，他刚大学毕业，就响应国家"上山下乡"号召，到迁西县插队。先被派到县林业局当技术员，铺盖卷还没放下，又被派到一个村里当社员，与农民同吃、同住、同劳动、同学习。在这儿，他从最基层的社员做起，先后担任迁西县林业局副局长、公社书记、林业局局长、副县长，唐山市委农村工作部副部长、林业局局长，河北省林业厅副厅长、党组副书记、正厅级巡视员。

　　曲宪忠说："农业方面，我该待的地方全待过了。"

学生时代的曲宪忠（左一）

　　曲宪忠出身贫苦农家，曾因家庭贫困而辍学，是学校领导和老师多次到他家里做工作，每月给予三元的帮助，他才得以重返校园，刻苦学习，终于考上大学。参加工作后，努力工作，一步步走上领导岗位。他深知农民种地不易。他特别喜欢自己所学的果树专业。他的有些工具，还是年轻时当技术员时买的。
他用的剪刀，由于使用得法，非常节省，一直多年不坏。

曲宪忠用过的工具

曲宪忠在职时办公室留影

这样的人生经历，使曲宪忠既有政治上的高站位，又有林果花卉方面较高的专业技术经验。

曲宪忠非常重视理论研究，他总是紧紧跟着整个产业的脉搏走在时代的前列，曾发表过五十多篇林果方面的专业论文。他对威县西沙河流域荒沙地怎么建园，怎么掀起建园高潮、怎么掀起威县"西部大开发"高潮，都做了精密研究。

曲宪忠发表的部分论文

2016 年前，因为发展刚起步，需要广告宣传打名气，他对威县梨产业进行大力宣传，看着威梨名气已成，便建议继续夯基，务实发展。

曲宪忠是一个非常爱学习的人，经常外出考察。他和刘明亮去日本考察二十世纪梨纪念馆，和纪念馆退休老馆长田边雄二教授聊天时，田边雄二说："我这一生只干了一件事儿，就是研究梨。关于梨，在你们中国人贾思勰编著的《齐民要术》中有明确的记载。"说着，从书架上抽出一本《齐民要术》，直接翻到记有种梨的那一页，让他们看。

他深深被这位日本专家对梨研究的精神所折服。

他到日本鸟取县园艺场，看到那些网架梨的新品种，看到那种精致农业管理的方法，深受震动：树下边绿油油的草，有十来厘米高，整齐平正，就像毛地毯。

曲宪忠（左）在日本考察调研

日本网架一般在一米五以下——日本人个子矮，他们是按本国人的身高而定的。

参观归来，曲宪忠根据日本棚架模式，结合自己的经验，独创出"威梨秋月梨网架栽培新模式"。

他紧跟时代潮流，电脑软件、PS、图片接片，都会熟练操作。

2022年11月，曲宪忠从微信群里看到一个线上培训会，便问吕燕亮是哪儿办的，是否知道此事，交流情况如何，一定要问清楚，向人家学习。

梨的木栓病是一种顽疾，为解决这个问题，前几年曲宪忠做了很多研究，却无实质性进展。2022年这一病害尤为严重。这年秋天，他举办了一个秋月梨木栓病专题研讨会，请来一位山东专家，专门进行培训。

他有两架照相机，习惯随时拍照，电脑上存满了各种资料。

他给农民讲课的课件中所涉及的案例图片，皆是自己在威县梨园的实践中拍摄的，生动实用。

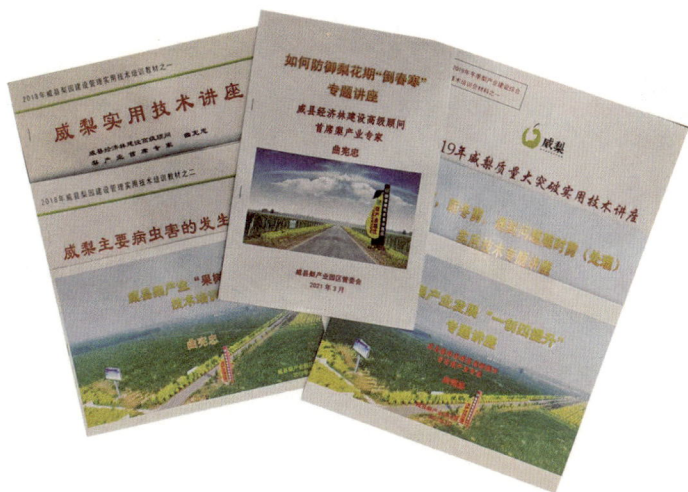

曲宪忠做的部分讲课课件

他的文章和课件，都是先让吕燕亮列一个提纲，帮他整理出初稿，他再一遍一遍地修改。他的课件上都会穿插一些新的国家和当地政府的方针政策。

他说："搞技术不能盲目，在技术上胡来是对农民的不负责。比如修剪，不该去的枝去了，该去的没去，这是特别严重的错误。"他常说："树是最好的老师，你剪好了它就能丰产；你剪坏了它就是一棵秃树。"

"你的路子对了，要坚持下去；你路子不对，一直错下去，就形成恶性循环了。"

曲宪忠总结了一套建园的八大程序、三十道工序的标准化流程，制定了"五统一分"标准，推动塑造"威梨"品牌，倾力打造"全省领先、全国一流、亚洲知名的梨果生产出口基地"。

曲宪忠总结的威县种梨模式重点工序图

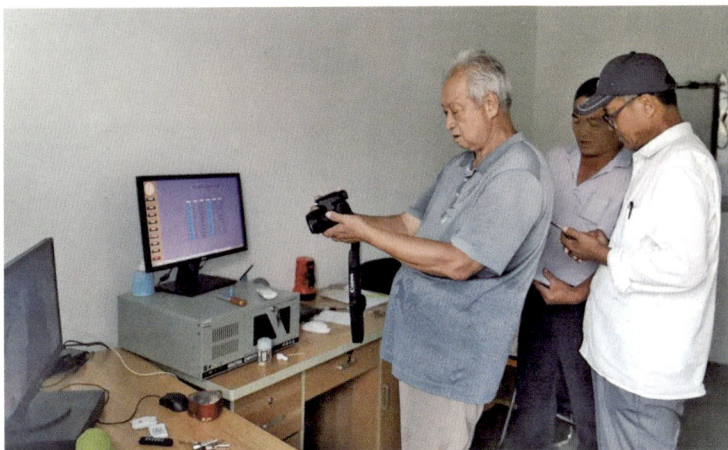

曲宪忠查看冷链物流中心电子监测系统

"有不懂的再问我，我会的给你说；我不会的，找别的专家帮你解决。"这是曲宪忠常对梨农说的话。

如今已成为威县梨产业总工程师的刘明亮回忆道："俺俩的关系是良师益友。他既是我的老师，又是我的益友。我有什么事儿都爱请教他。他想推行什么技术时，也总是先问我。我比他小二十岁，他经常亲切地喊我老刘，说：'老刘，你说你同意吗？你都不同意，我这个事儿怎么干！你同意，咱就干！'然后我再找县林业局局长，再找书记、县长去。'"

一家大种植公司在威县种植大面积梨园，起初请了不少国内外专家，其中有日本专家经常来。日本专家与中国专家对梨苗栽植成活的看法不一样，是基于他们各自的经验和所处的环境不同。日本专家对中国北方的气候、土地、水文、地理等因素所知甚少。小苗栽上后，在决定小苗成活率的定干长短的时候，曲宪忠与他们的观点不同。曲宪忠认为，自树头往下，找一个壮芽作为定干标准，在二十厘米左右高度为宜。而日本专家认为，留在九十厘米更好。

曲宪忠在方鑫梨园查看嫁接成活情况

曲宪忠在利派尔梨园指导拉枝技术

两个月后，按日本专家定干的小苗死了一多半，曲宪忠定干的小苗几乎没有死亡。

日本专家叹服道："还是你做得对呀！"

曲宪忠坚信，只有技术还不行。你技术再好，老百姓、老板不用你，有什么办法呢？在我国目前基本国情之下，要想把科学技术转化为生产力，还需要行政推动。县、乡、村各级都要进行行政推动，老百姓才能慢慢接受。另加上政策助力，需要当地政府出台相关政策，三点缺一不可，缺一样技术就落不了地。科学技术不是孤立的，如果是孤立的，再好的技术没人用，也会被束之高阁。一个地方要想发展一个产业，必须要有主要领导的支持和重视。他一直引领着整个产业从无到有，从小到大。

可以说，如果没有曲宪忠，没有威县县委、县政府一直持续的支持政策，就没有今天威县的梨产业。

在威县的十年，曲宪忠每年都要与县领导和负责梨产业的工作人员共同研究，出台威县年度梨业发展规划工作实施方案，每年都有新意和新事。有的方案是他本人经过深思熟虑后确定的，有的方案是他综合提炼县里有关领导的点子和想法后拿出的。

2013 年至 2023 年，曲宪忠在威县十年，每一年都会建议以威县县委、县政府的名义发一个红头文件，指导当年梨产业的实施方案。2019 年，主题是"一创四提升"；2022 年，主题是"梨产业高质量发展"；2023 年，主题是"梨产业融合发展"。

每一年贯彻全年梨产业的一个主题，都是曲宪忠思路的具体体现。

曲宪忠每次回到石家庄待一段时间，回来就有一个新思路，而且能够写入指导性文件。

曲宪忠到威县后，因为身份的变化，观念也随之变化。他到威县下基层一线，开始对果树的一些细节进行研究，亲自对农民进行指导。用他自己的话说："以前是宏观，现在是微观。我微观到每一个品种、每一棵树上了。"

这么多园子，建园、技术管理、销售人员，工作包罗万象、千头万绪，有些事顾不过来，他就给威县县委、县政府领导提议。

几名大学生刚参加工作时可能会存有疑问："怎么建园？设计图怎么做？用哪个系统做？脑中一片空白。"最早他们用的是GPS系统，只能走到一处定个点，汇总好后导到相应的制图软件里边，才能做出设计图来。

建园的工作流程熟悉了，工作并没减轻，先期建成的梨园已经开花结果。

梨园的周年管理，怎么防倒春寒，怎么给花授粉。五六月之交疏果，小型果怎么留、大果怎么留……这些夏季的梨园管理工作既关键又烦琐。新梢开始长了，需不需要掐尖；六月一过，到七月，有早熟梨就要上市。后期肥料怎么施、植保怎么搞、梨果怎么采摘、采摘完怎么入库、入库后如何销售，怎么找到销售渠道、门路、经纪人，等等。一步一步，他一边总结一边探索，一边教着学生。

曲宪忠到威县气象台咨询气象数据、预防倒春寒

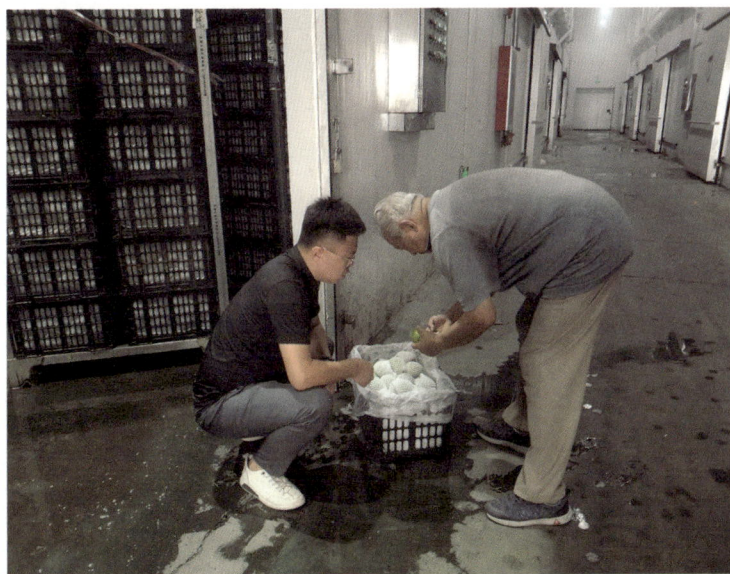

曲宪忠到冷库调研梨果贮存情况

曲宪忠查看"状元梨园"

　　曲宪忠非常爱学。他时时在学习，时时在创新，有大创新，有小创新，有总创新，有分创新。有了新思路，随时应用。他始终站在创新的制高点上，进行引领。曲宪忠在"威梨"的创新不是用几个数字能统计的。他时时向其他的专家、教授学习，甚至向普通农民学习。

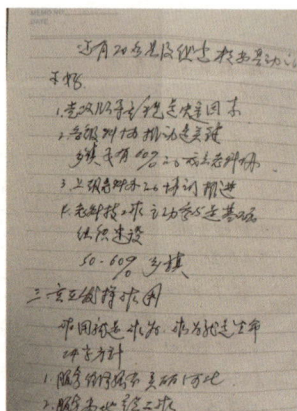

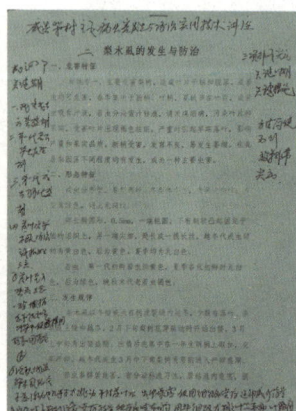

曲宪忠工作笔记手迹

当时全国正在大力发展脱贫产业，许多地方正在寻找果树苗，全国果树苗紧缺。曲宪忠决定用杜梨苗建园，自己在园里嫁接，仅这一项，在 2013 年至 2015 年，三年就为果农省下近一个亿的建园成本。

三年之后，河北省林业厅一位副厅长见到梨园后，惊叹地对曲宪忠说："老曲，你胆子真大，杜梨建园，要是杜梨苗都死了，你怎么办？"

曲宪忠说："我心里有底儿。"

这位副厅长是军人出身，虽不懂技术，但知道一旦水跟不上小苗会旱死。规划要实现，任务要完成，一年一大步，三年就要完成几万亩，这个道理，曲宪忠明白，否则他也不会半夜睡不着觉，凌晨四点去看水。

面积大，风险大，节约资金多，需要过人的胆识和高超的技术。

有多大风险，有多大把握，就有多大气魄！

一次，河北省时任省长让曲宪忠陪他去张家口考察葡萄园，到葡萄园后，要猫着腰走。

这位省长说："老曲，你能不能把这个网架搭得再高点儿？让人一天天在里边猫着腰，这谁受得了！"

领导虽然只是随口一说，却也符合科学原理。

多高才合适？难道只考虑高度这一项指标吗？这涉及多方面的技术。曲宪忠开始思考。以前，我国的网架一般定位较低，曲宪忠通过研究，把葡萄网架定位在二米至二米二之间。人立在架下，至多踩着一个小物件就可以够到，既不用猫腰，又不用爬凳，走在里边还方便。这是根据中国人的一般身高确定的，以便在架上管理作业。

秋月梨留多少枝？枝的密度多少最好？以前是一乘五，一米一棵，五米一行。曲宪忠定位一米五一棵，五米一行，一棵上留四大主枝。

按照"四大主枝开心形龙骨式整型法"给网架配套整好，这种方法在中国独一无二。

有一位教授说，一般情况下，一个地区发展林果产业应该搞一种模式。具有哲学思维的曲宪忠根据具体情况具体对待，不拘于固定的思维模式。他依据生产关系的多层次决定了生产方式的多样化规律，推出四种种植模式。威县梨产业不仅仅是种梨，而是地方发展经济的一种模式。

曲宪忠在威县发展梨产业的特色模式，主要以龙头企业、农民合作社、家庭农场为主，被一些专家称之为"三驾马车"。

曲宪忠认为，一个老板的种植模式与合作社的种植模式是不一样的，他们的实力、销售渠道、机械化程度是不一样的。是老板，你就干省力化圆柱形模式，机械化应用程度最高。农民合作社适合搞单层一心型模式，这种模式比较简单，种的棵数少，投资少，风险也小，家里如有劳力，可自己拉枝、打药。自由纺锤形，介于中间，一部分用机械，一部分用人工。经济好有条件的，可以大投资，种秋月梨，尽量用平面网架型，生产精品果、优质果，高投入，高产出。

崔耀鹏说："曲宪忠把不同层次的种植户进行划分，既有原则性，又有灵活性。这不是单纯的领导和单纯的专家能干成的，

需要既是领导又是懂专业又有哲学思想的综合型专家才行。他从威县的实际出发，从产业的发展需要出发，运用哲学的思维进行了创新，形成了一套'曲氏方法'。"

2013 年，威县西沙河流域梨产业工作归县林业局负责，2014 年 10 月，由于梨产业发展规模越来越大，威县专门成立了威县梨产业园区管理委员会。

从 2013 年正式起步，至 2018 年，短短六年，威县就建成了标准化、现代化梨园，真正完成十万亩建园任务。威县建梨园的公司有四十多家，专业合作社有一百二十来个，大户和家庭农场有三十四个，共有二百多个标准化梨园。八万余名低收入农民拔掉"穷根"，成为租地有租金、打工挣薪金、入股挣股金的"三金农民"，年人均增收两万元。

冷链物流园、威梨分拣大厅、秋月梨醋

2016 年，曲宪忠参加廊坊农交会

2020 年，河北省首届梨电商大会

2021年"威梨"品牌价值达 2.7 亿元;"威梨"进入教育部、清华大学等二十三家机关、高校食堂,畅销北上广深等三十五个城市。

如今,威县已成为全国秋月梨和新梨七号规模化种植面积最大的基地县。曲宪忠优化完善的现代化梨园建设管理模式,已辐射推广到全国二十六个省份的五十余万亩土地。威县成为"全省领先、全国一流、亚洲知名的梨果生产出口基地"。

曲宪忠被梨农们亲切地称为"梨财神""威县梨产业之父"。

威县干部群众向曲宪忠送上"梨财神"的锦旗

昔日荒沙遍地,如今梨果飘香,成为一片绿色的海洋。

作为威县县委书记,崔耀鹏非常了解曲宪忠,谈起与曲宪忠在一起探讨梨产业的一幕幕往事,他就抑制不住一腔深情:"曲老既有领导的组织推动能力,又有业务技术能力。他来威县,把

六
可变景区的果园

行政职能的工作做了，把技术层面的工作也做了。他是林业科技的领导者、引导者、组织者、实践者、管理者、创新者，是一位复合型人物。他是威梨产业的奠基人、开拓者。他十年如一日把威县当成家、把梨农当成亲人，苦心构建了致富'梨'想，打造了绿色创富样本。他是广大干部群众心中'不是威县人的最美威县人'！"

七　把农民变成专家

　　曲宪忠知道，自己不可能永远在威县当顾问，要想使威县梨产业可持续发展，没有人才不行。

　　几个主要梨园基本建成之后，他就开始着手建立威县的县、乡、村梨产业技术人才体系。

　　他给威县领导建议，只有一个刘明亮不行，应引进和培养更多的后续人才。

　　2013年至2015年，连续三年，曲宪忠会同威县有关部门领导，直接到河北农业大学招录大学生。

　　曲宪忠是河北农业大学毕业的高才生，后被聘为河北农业大学园艺学院名誉院长、兼职教授。有这个关系，威县领导委托曲宪忠带队，到河北农业大学定向招录大学生人才。他带领董占坤、李涛、刘明亮和负责梨产业的工作人员到河北农业大学亲自挑选、面试。这一届河北农业大学果树班共有四十多人，通过面试和笔试的只有五人。

2014年，曲宪忠（右三）与学生在梨园合影

2013年7月10日，五名大学生到威县林业局报到。

那天雨下得很猛，几名大学生报到当天，就见到了曲宪忠。

7月11日，他们就在曲宪忠带领下到贺营镇秋月梨园，观察了杜梨苗的成活情况。

于春亮便是五名通过考试的大学生之一。自此开始，于春亮开始了他的下乡历程，十年之中，一直跟随着曲宪忠的脚步活跃在各个梨园。

跟着曲宪忠时，见刘明亮习惯小本不离手，有什么事儿随时记下来，于春亮也跟着他记。若干年后，于春亮根据曲宪忠的言传身教整理出许多有价值的资料。

对于五名大学生而言，建园工作之重可想而知。他们拿着GPS，打探坑，测土质，规划设计图。品种、模式、种植面积稳定了，梨园挂果后，早期建的梨园进入丰产期，指导果农管理和技术工作更加繁重。他们白天跑地里，夜晚搞谋划。很快，威县梨产业全面开花。

随着梨产业的发展，一、二、三产融合发展，业务更多，威县县委、县政府连年招录了几批大学生。

如今，三十四岁的于春亮已成为园区梨产业发展办公室负责人、技术组组长。

"在外人看来，曲老看似很冷酷，甚至很倔，那是不理解他。曲老在日常生活中特别和蔼可亲，平易近人。他又性格开朗，平时总是谈笑风生，像慈祥的长辈一样关心年轻人。有时坐在车上，还在教我们怎么跟领导沟通，说一些做人做事的道理。"于春亮动情地说，"我在威县成家后有了小孩，曲老经常问我，小孩怎么样、闹没闹毛病、谁帮着看孩子、老人身体还好吧、有什么困难吗。"

招来人才，还要想法留住。

当时，威县梨产业园区刚刚成立，编制还不健全，曲宪忠找威县县委书记和县长、组织部等领导和部门协调，尽量提高待遇。

他给县委、县政府建议，每个乡镇安排一至两名梨产业技术专职干部，负责协调果园事务，遇到问题，直接解决。

只靠从外边招录的大学生显然远远不够，培养大批真正留得住的本土"草木才子"才是长远之计，才能为乡村振兴服务。曲宪忠又建议威县县委、县政府专门制定文件，规划培养农业技术员。根据梨园大小，每个梨园需要三至十名技术人员。

曲宪忠策划建立了一整套培训体系，根据春、夏、秋、冬四季果树管理重点，开展大型技术培训，每年组织十来次。春季培训会、夏季梨园观摩会，县委书记和县长要参加。秋季，评比会。冬季，大培训，一搞就是三五天。县委书记和县长参加的会至少六个，有空全程参加。领导如果实在太忙，尽量到场露个面，以示县里重视。"县领导参加了，下边自然就会重视。"曲宪忠说。

曲宪忠示范梨树夏季修剪、拉枝技术

曲宪忠向果农培训网架梨园拉枝技术

在此基础上，进行农民技术职称评定，建立持证上岗制度。"你不能光叫人家干活，你得叫人家有名有实。"曲宪忠说。

县里专门结合人社局职改办、农业农村局与园区领导组成评委会，曲宪忠任评审委员会主任，对每个人的档案资料和事迹，进行严格审查。

不在县级评定范围内的中、高级职称，曲宪忠建议，专门以县委名义，向上级有关部门申报。

在威县的提议下，邢台市制定了新的农民技术职称评定政策，在全市推广。曲宪忠激动得专门给邢台市委书记写了一封感谢信，代表威县广大百姓表达谢意。

威县农民评职称文件及曲宪忠给邢台市领导的感谢信

新政策的实施，对邢台农民技术职称评定改革起到了很好的促进作用——因为邢台市职改部门不可能专门为一个县单独出台政策。一级地方政府可以创新，但无权超越上级和国家的有关政策。如何突破？邢台市领导决定，把威县作为试点县先行。在此基础上，根据国家有关规定，邢台市有关部门制定了《关于做好评定农民技术职称工作的实施方案》。

从人才的培养，到技术职称的评定，这是曲宪忠的一个长远整体规划。为让农民更好地抱团发展，把人才组织起来，以一个区域、一个乡镇或一个梨园，或跨区域，成立相应的专业服务组织——即社会化服务组织。这些人员既能为自己个人创收，又能解决果园的技术人才不足问题。自 2017 年开始农民技术职称评定，至今已给九百多位农民颁发了正规的专业技术员证书。这些技术员，不仅仅是梨树专业的，还包括其他果木。

鱼堤村培养的"土专家"，各大梨园抢着聘，一天到晚没闲暇。人们说，鱼堤村的大人、小孩都是技术员。

　　目前，威县各种梨园技术服务队有几十个，专职技术人员至少有一千多人。张品秋、刘玉东都是技术人才服务队队长。光鱼堤村就成立了两三个修剪队，这些服务队跟种地一样，成为一种专门职业。

　　"俺村成剪枝技术名村了，种梨户基本上都出去当剪枝技术员了。有的大梨园，专门来请俺村剪枝嫁接队去服务。梨园主一听是曲厅长介绍来的，都特别放心。人们说，'鱼堤村的服务队剪得就是好'。我2020年开始就不干村支书了，现在仍然有人托我给他们联系服务队。"张桂听说。

　　十万亩梨园，曲宪忠培养的剪枝队技术员太忙，要排号才能请到。有些果园等不及，只好请别的技术员修剪，不是剪不到位，就是剪瞎了，或达不到标准，曲宪忠就着急，说："去找我培养的技术员给你们讲讲。"

杭州亚运会餐饮服务供应的威县秋月梨

宋德兴即是曲宪忠培养的"草木才子"。宋德兴的梨园因听从了曲宪忠的精心指导而成了连续多年的状元梨园，自己也成为技术方面的佼佼者。2017年，宋德兴取得了农民技术员证书、农民助理技师证书。宋德兴在管理好自己梨园的同时，还担任着附近梨园的技术顾问，给周边一些合作社和公司、散户服务，宋德兴与别的梨园达成了一个不成文协议：你的园子我指导管理，收梨时，我负责统一组织销售。

我在宋德兴的办公室采访时，数次被他的手机来电打断，来电不是问他销售方面的情况，就是请教他梨园管理技术问题，他总是耐心地给对方解释。由于我与他坐得近，他的手机声音颇大，他们的对话我听得清清楚楚。其中一个电话，是问他浇水的问题；一个电话，是问他销售方面的事情；还有一个电话，是因为梨树这几天总是掉叶子，问宋德兴怎么办。宋德兴详细告诉他用什么药，并说出几个治理方案供他选择，一直给他说了十多分钟。那人听明白了，听着他说话的意思还找笔，记下了药物的名称。最后，只听对方低沉地说："以前总是问曲老，现在曲老不在了，我实在没办法了，只好麻烦您了。"宋德兴说："我是曲老培养的，你以后有啥事只管问我，别不好意思。"

……

现在，威县每万亩梨树有一名高级技术人员负责，每千亩梨树有一名中级技术人员负责，每百亩梨树有一名初级技术人员负责，还培养了四百二十多名职业梨农，"村村都有技术员、户户都有明白人"。

八 "啥时候等你们翻了身，咱再吃再喝"

曾有人私下议论："威县给他多少钱啊？老头儿这样卖命！"不瞒大家，曲宪忠在威县的首席专家指导生活补助每年有十来万元。每次给他时，他都推拒不受，县领导需要再三硬塞给他。

作为一名正厅级干部、全国著名林果专家，各种待遇自不必说。他的儿女都很有出息，收入也不低，如果为这十来万元，他根本不会来。

由于对发展威梨产业做出突出贡献，曲宪忠荣获2017年河北省政府质量奖个人奖，奖金三万元。曲宪忠说："这是威县做得好，不是我曲宪忠的功劳。虽然是个人奖，但奖的是威县的梨产业，这个钱我不能要。"他把这三万元捐给了威县县委、县政府。威县领导感到，这么一位退休老领导，竟把奖金捐给了县里，太令人敬佩了。威县领导决定再出七万元，凑个整数，作为全县种梨户的奖励基金，鼓励管理好的梨园。这个奖项就叫"曲氏创新贡献奖",用于奖励威县梨产业发展先进典型。曲宪忠作为威县梨产业首席专家、威县经济林建设高级顾问,2020年威县县委、县政府给他颁发了一个"乡村振兴特殊贡献奖",奖金二十万元。连续奖励他三年,总共六十万元,曲宪忠一次也没要。他说:"我要这钱有啥用,谁的园子管得好,就给了谁。"全捐给了"曲氏创新贡献奖"基金。2023年1月,威县县委、县政府授予他"乡村振兴工作终身贡献奖"荣誉称号并奖励二十万元,家属遵照曲宪忠遗嘱全部捐给了"曲氏创新贡献奖"基金。

曲宪忠在"最美河北人发布厅"谈感想

曲宪忠把八十多万元奖金捐给了威县梨产业,但你看他穿的吃的,一般人理解不了。

他的穿衣打扮像农民一样。他夏天穿的那件蓝绿色 T 恤衫，早已洗得发白，右上角口袋早有了窟窿。他下身穿的那条灰裤子，后襟处也有了窟窿。皮带早磨得发毛，一看就知用了多年。夏天常穿的鞋是普通的"一脚蹬"。他冬天常穿一件吕燕亮称之为"百年不兴"的灰绿色大羽绒服，意思是一百年以前就不时兴了。说是羽绒服，其实只是件棉服，起码有十年以上历史。下地时，他总是手里提一个装工具的蓝布兜，也不知用了多少年。

威县领导安排曲宪忠在县林业局的小食堂吃饭，是考虑到他年纪大了，自己做饭不便。这个小食堂，条件有限，平时就是大锅菜、面条、焖饼、包子和几个小菜等家常饭。食堂做啥他吃啥，从来不挑食。他饭量大，一顿能吃三四个包子；早饭能吃七八个鸡蛋做的鸡蛋羹。李涛听说后担心老人吃鸡蛋过多对身体不好，就跟做饭师傅说："大早晨起来让曲老吃那么多鸡蛋干吗？弄仨俩就行了。"师傅说："曲老愿意吃，能吃那么多。"

曲宪忠常说于春亮等年轻人："你这吃饭不积极，工作可没劲头啊！得多吃啊！"

后来李涛理解了：曲老饭量大，是因为他天天在地里跑，如果天天在办公室坐着，哪儿能吃那么多。他每次参加培训会都站着讲课，从没有听他说过累。

在技术管理上，曲宪忠要求非常严格，农民非常信任他，但他从不参与农民的苗木、肥料、农药等方面的采购事宜。常有人请他向梨园推荐化肥和农药什么的，他总是说："行，你先让梨园试用试用，果农说效果好，我就给你推荐。"

2021年，曲宪忠（左）到有机肥生产厂家调研有机肥生产情况

曲宪忠（主席台左四）参加威县2021年度梨产业建设总结表彰暨
2022年工作动员部署会议

曲宪忠呕心沥血，倾心相与，指导威县发展了十万亩梨园，谁都会认为，吃梨是不用说的，那真是理所当然、天经地义的事情，曲宪忠不这么想。

　　冯连杰说了一个小故事："2021 年，曲厅长去北京看望一个挚友。正是梨熟时节，朋友知道他在威县当梨顾问，想吃他管的梨，他就从我梨园装了十盒。曲老帮助我这么多年，从来没有吃过我的梨，这次我特别高兴，心想终于能让曲老吃我几个梨了。可没想到，他非要往我衣兜里塞几百块钱。我能要吗？拉扯了半天，我坚决不要。后来，他见到我就提这个事儿，说白吃我梨了，一直说了一年多，说得我很不好意思。威县梨园十万亩，哪个梨园不是他帮助发展起来的！谁不想送他梨呀，但他从来不要！"

曲宪忠（右）探访梨果包装车间

于春亮说："平时偶尔来个朋友的吃住花费，他都提前放在一个信封里塞给我，让我安排。我说：'老师，这个我不能拿。你的朋友来给咱们增光添彩来了，单位招待很正常呢。'他说：'不，这是两码事。我的朋友是我的私事，我掏钱接待是应该的。你们作陪可以，但不能花单位的钱。'曲老把钱给了我，我不知道咋办。因为这钱我没法处理，得给李涛局长汇报。李局长一笑说：'这还能要老爷子钱啊？你再还回去。'我又还给他。他说：'不行，这钱你必须收，该在哪儿花钱就在哪儿花钱。不够我再拿。'接待完之后，我送曲老回石家庄，没想到他悄悄把钱藏在车的后座下边。我刚回到县里，他的电话就来了，提醒我，把那个钱拿了，该咋结账就咋结账。弄得县领导也很无奈。"

一位老干部，那么大年纪了。不讲究吃，不讲究穿，从来不搞特殊，我曾问他图啥，他说："啥时候等你们翻了身，咱再吃再喝。结果，我们翻身了，他也不吃也不喝俺的。"郑继奎说。

2022年12月16日，曲宪忠生前最后一次召开威县梨产业会

曲宪忠最后一次开会笔记

「啥时候等你们翻了身，咱再吃再喝」

九　临终时刻

2022 年 12 月 18 日，曲宪忠感到身体不适，从威县回到石家庄。21 日，他感到发烧，检查出是肺炎。吕燕亮在电话中得知他的病情，让他抓紧找医生，买退烧药吃。他没当回事儿，只喝了一包退烧药，烧没退，也没住院，硬挨着。他觉得自己身体好，抵抗力强，不会有事，还惦记着威县 2022 年梨产业总结大会的筹备工作。

以前，曲宪忠曾数次因脑梗住院，病情刚有好转就赶回威县，这次，又感觉不太严重。在威县十年，他经常熬到夜里十二点，早晨五点起床，形成了习惯，要么在梨园忙碌，要么在办公室研究梨产业发展，虽然因病回家，仍没有休息，还在为大会做准备，顾不上去医院。

12 月 29 日，曲宪忠在书房看资料，看着看着头耷拉了下去，家人发现后马上送到医院，一检查，肺炎已非常严重了。

张玉芬心情沉重，心神不定，在医院老伴的病床边闲拨拉手机，以排遣心中的郁闷，由于经常联系，下意识拨了吕燕亮的手机号。吕燕亮也正在家里牵挂着他们，见来电，急忙问："阿姨，曲厅长怎么样啊？"张玉芬说："没事，住院了。"吕燕亮心里一惊，一种不祥的预感涌上脑际，忙问："怎么住院了？"只听张玉芬低沉地说："不行了。"吕燕亮立即意识到情况的严重性，忙安慰："阿姨别着急，先治疗，用最好的药！"这是2023年1月7日，吕燕亮打完电话，急向领导汇报，去医院探望。医生说病情已经稳定，因病人体格比较壮实，能治好。回威县第二天晚上，吕燕亮在家刚吃完饭，手机响了，是张玉芬，忙问："怎么了阿姨？"张玉芬说："没事没事，我怎么又拨过去了？"吕燕亮又问："曲厅长怎么样了？"张玉芬言露无奈地说："不行了，就这两天的事了。"声音中情绪比较激动。吕燕亮一惊，已是晚上十点多，他急忙叫上于春亮开车奔石家庄。半夜十二点赶到医院，见曲老在重症监护室的床上躺着，戴着呼吸机，只能哼哼。吕燕亮、于春亮等几个人抑制着内心的难受含泪与他握手，他意识清醒，手还特别有劲。

1月9日下午两点半，曲宪忠停止了呼吸。

曲宪忠去世后，吕燕亮收拾他在威县的住所时，发现一份文件里夹着一张纸，上边写着：

我来威县要力争做到"四负责、四出"
即：

对县委县政府负责；

对威县的果农负责；

对威县的果树技术干部负责；

对威县的果树特别是梨的发展历史负责。

出成绩、出经验、出队伍、出干部，

向理论学习、向实践学习、向果农学习，

向一切值得学的人和事学习。

曲宪忠　自训

二〇一三年一月

（该报告文学定稿于 2023 年 11 月。配图由于春亮、尹晶晶提供）

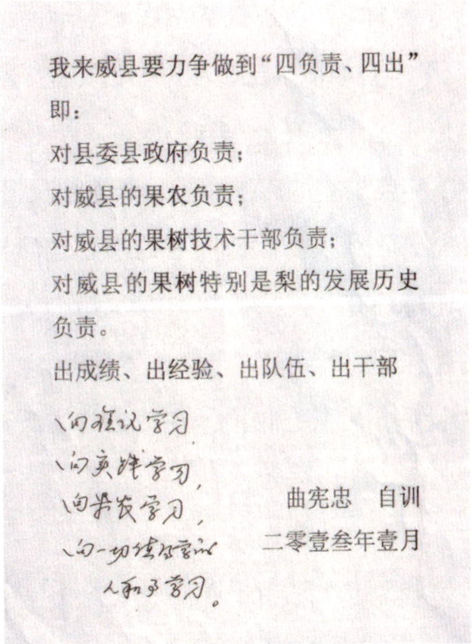
我来威县要力争做到“四负责、四出”

即：

对县委县政府负责；

对威县的果农负责；

对威县的果树技术干部负责；

对威县的果树特别是梨的发展历史负责。

出成绩、出经验、出队伍、出干部

向理论学习，

向实践学习，

向果农学习，

向一切值得学的人和事学习。

曲宪忠　自训

二零壹叁年壹月

曲宪忠自训手稿

威县干部和群众沉痛悼念曲宪忠同志

威县群众自发悼念曲宪忠

曲宪忠先进事迹陈列馆

本书作者（右）在威县曲宪忠先进事迹陈列馆采访

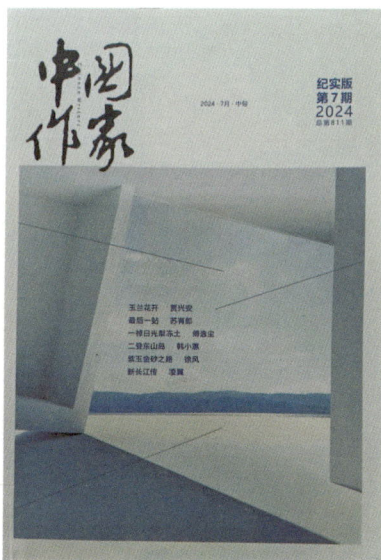

刊发本文的《中国作家》封面

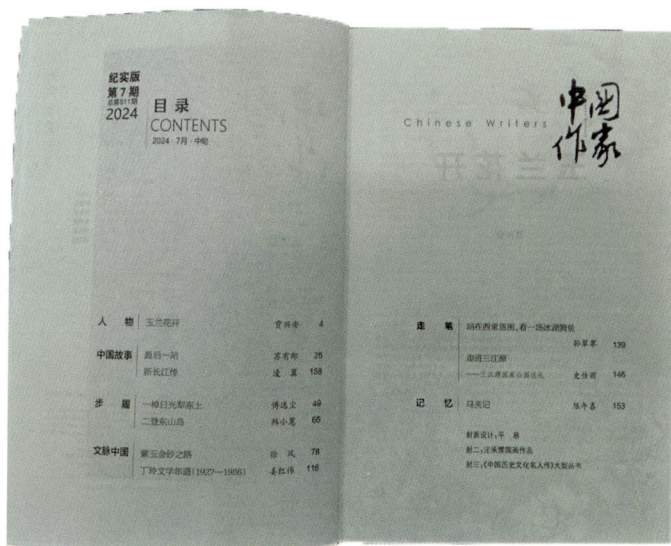

刊发本文的《中国作家》目录

刊发本文的《中国作家》内文

曲宪忠所获荣誉

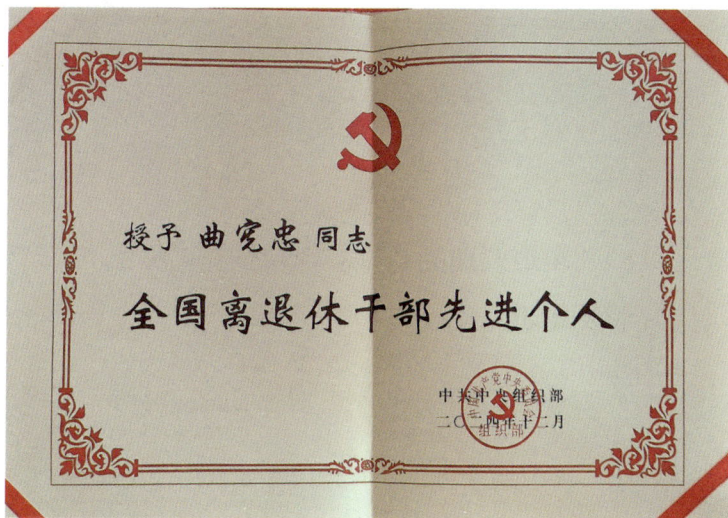

2024年12月，曲宪忠被评为"全国离退休干部先进个人"

荣誉证书

HONORARY CREDENTIAL

授予 曲宪忠 同志:

2023年河北年度十大新闻人物
荣誉称号

河北十大新闻年度十大新闻人物评委会
二〇二四年二月

2024年2月，曲宪忠被评为"2023年河北年度十大新闻人物"

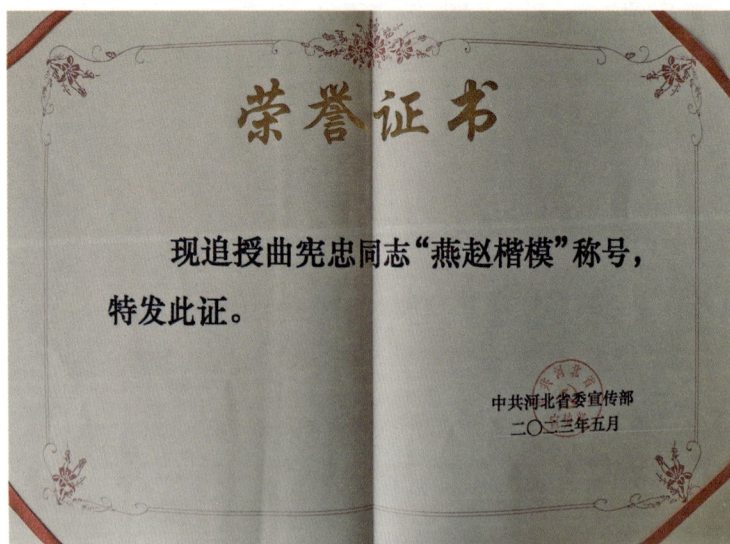

荣誉证书

现追授曲宪忠同志"燕赵楷模"称号，
特发此证。

中共河北省委宣传部
二〇二三年五月

2023年5月，曲宪忠被评为"燕赵楷模"

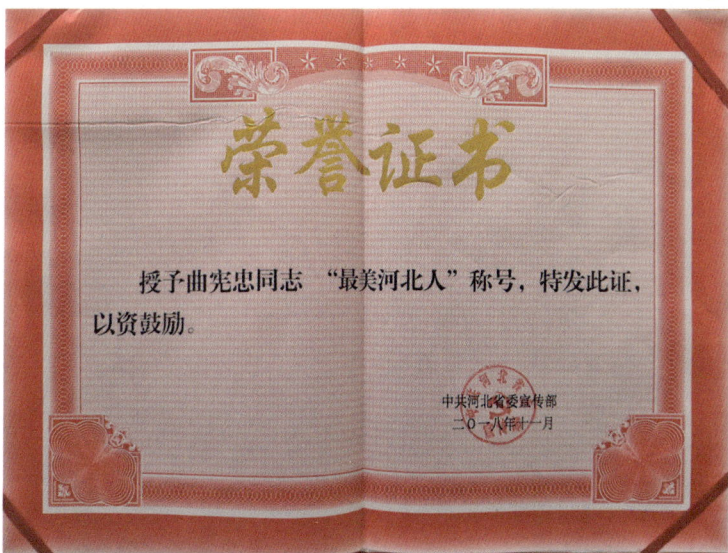

荣誉证书

授予曲宪忠同志 "最美河北人"称号，特发此证，以资鼓励。

中共河北省委宣传部
二〇一八年十一月

2018年11月，曲宪忠被评为"最美河北人"

荣誉证书
HONORARY CREDENTIAL

曲宪忠 同志
　　被授予邢台市第四届"道德模范提名奖"荣誉称号，特发此证。

邢台市精神文明建设委员会
2018年2月

2018年2月，曲宪忠获得邢台市"道德模范提名奖"

曲宪忠所获荣誉

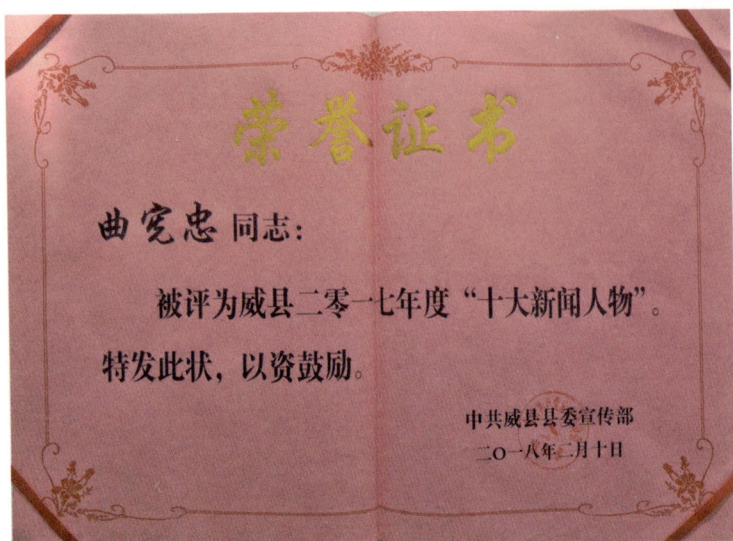

2018 年 2 月，曲宪忠被评为威县 2017 年度"十大新闻人物"

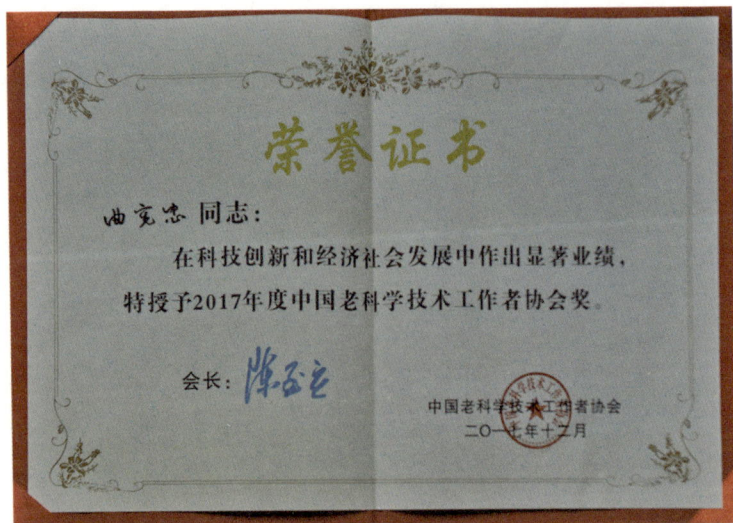

2017 年 12 月，曲宪忠被授予 2017 年度中国老科学技术工作者协会奖

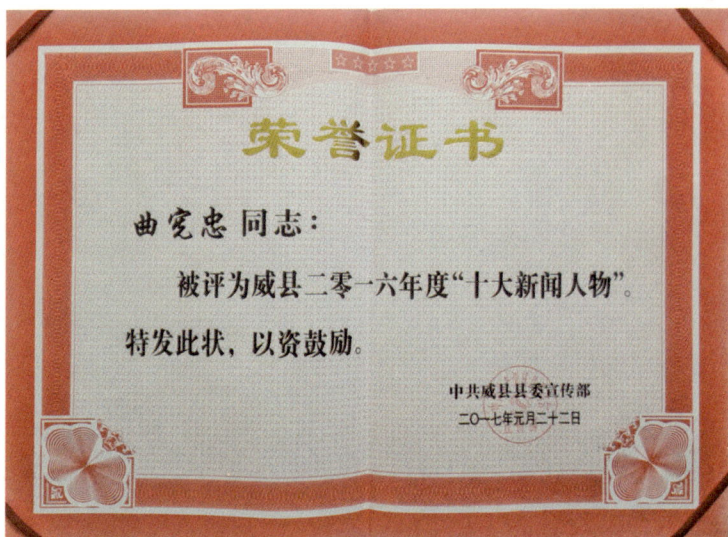

2017 年 1 月，曲宪忠被评为威县 2016 年度"十大新闻人物"

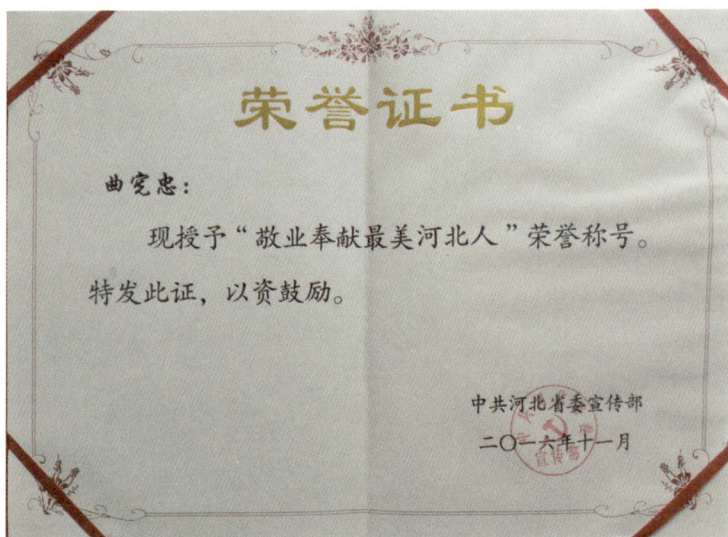

2016 年 11 月，曲宪忠获评"敬业奉献最美河北人"

荣誉证书

曲宪忠 同志：

被评为威县二〇一三年度"十大新闻人物"，特发此状，以资鼓励。

中共威县县委宣传部
二〇一四年一月

2014年1月，曲宪忠被评为威县2013年度"十大新闻人物"

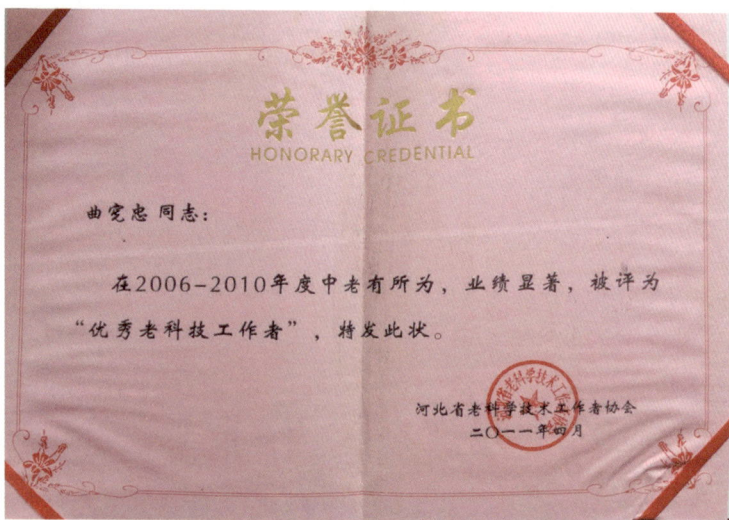

荣誉证书
HONORARY CREDENTIAL

曲宪忠 同志：

在2006—2010年度中老有所为，业绩显著，被评为"优秀老科技工作者"，特发此状。

河北省老科学技术工作者协会
二〇一一年四月

2011年4月，曲宪忠被评为河北省"优秀老科技工作者"

一部展现退休科技干部形象的力作

程绍武

报告文学发展到今天，已经覆盖了我们社会的方方面面，如何创新成为作家们面临的一个重要问题，题材、主题、写作技法、艺术标准等方方面面，都在不断地发展变化。尤其是题材和主题的创新，更是报告文学所要关注的重点。苏有郎中篇新作《最后一站》，使人耳目一新。

《最后一站》选取了一位退休老干部、老农技专家探索贫困乡村区域发展模式的故事为描写对象，无论人物形象还是主题开掘方面都与众不同。

2013年，曲宪忠不贪图退休后的舒适生活，而是自愿吃苦，把人生的最后10年，扎根河北省邢台市威县继续发光发热，为农民脱贫致富呕心沥血，直至生命最后一刻。10年间，他帮助威县发展梨产业，建成标准化梨园10万亩，西沙河流域14个乡镇、8万多名低收入群众，实现了年人均增收2万多元，为"威梨"产业高质量发展，倾尽了毕生的心血，赢得了广大人民群众的衷心爱戴，被人民群众誉为"威县梨产业之父""梨财神"，"威梨"成为享誉全国的著名品牌，成为抗战胜利70周年大阅兵、党的十九大、全国两会、冬奥会等重大活动供应梨果。

邢台作家苏有郎是近年来创作成绩比较突出的青年作家，作品曾获孙犁文学奖、河北省文艺振兴奖等。《最后一站》以文学的笔法，以报告文学的形式，把曲宪忠这个现实生活中的模范人物写进文学作品，让更多的读者得以了解、认识、走进这位河北的模范人物。人物塑造得真实丰满、立体、生动、打动人心。作品写的事迹翔实，细节丰富，文字朴实，很有艺术感染力，见人见事见精神，是一篇讲好中国故事，讲好中国故事中的河北故事、邢台故事，展现可信可爱可敬中国人形象的成功之作。

从《最后一站》中，我们看到，曲宪忠作为一名共产党人，身上有这么几个特点：一是为人民服务、为人民献身的使命感和责任感。曲宪忠本来已经退休，可以享受天伦之乐，安享晚年，但他却在68岁高龄，毅然决然接过重担，离开繁华的省会，在人生的最后10年，把根扎向有着17.1万贫困人口的威县，带领农民苦干实干，一年365天，他每年泡在威县300多天，把10万亩荒沙滩，建造成为梨产业园、旅游生态园，真正为农民办实事，带领农民脱贫致富。

二是认真负责、敢于担当、对群众利益时时放心不下的精神。作品中写到，当梨树苗栽得不符合标准的时候，曲宪忠敢

于现场叫停。硬是逼着把已经栽好了的180余亩梨苗全部拔掉，重新按规定挖坑栽种；他半夜躺在床上，还在想着小梨苗浇水了没有，当发现夜里水没浇，他连夜组织人员以及附近乡镇的领导协调周边村凡是能够发动的水泵全部发动，连夜灌苗；冬天下着小雪，曲宪忠在果林里给农民讲课，一站就是一两个小时；当果农有问题，需要请教他时，他总是有求必到，无论刮风下雨，总能在田间地头看到他；他在果园手把手教果农如何修剪、如何栽种果树的身影，体现了始终将群众利益放在首位的共产党人形象。

三是与时俱进地科学谋划和推动当地经济高质量发展的能力和水平。曲宪忠认识到，搞威县梨产业，改变的不仅仅是百姓的经济收入，更多的还是思想观念；不仅仅是种梨树的问题，还是农业发展思路的问题。他改变了威县农村干部的发展理念。现代农业到底应该是什么样子？曲宪忠给出了答案。曲宪忠提出将梨园变公园、园区变景区，将生态环境和强县富民结合起来；他筹划举办"梨乡花海"、马拉松赛等多种活动，加速梨产业和乡村文化与休闲旅游的深度融合，带动了威县从传统农业到现代农业的转型升级，这具有划时代的意义；他紧跟时代潮流，电脑软件、图片接片、PS等都会熟练操作，可谓一个崭新的与时俱进的共产党员领导干部形象。

文中还写到，曲宪忠严格要求自己，廉洁奉公，风里雨里手把手指导农民种梨，当丰收时农民要给他装两筐梨，怎么也不收，说等乡亲挣钱了，比给他几筐梨还高兴；曲宪忠获得的河北省政府质量奖，奖金3万元，捐给了威县县委、县政府；获得威县乡村振兴特殊贡献奖，连续奖励他3年，每年奖金20万元，他一次也没要；他前前后后获得83万元的奖金，都捐给了威县的梨产业。

《最后一站》描写的曲宪忠以上几个特点，充分体现了新时代共产党员的特色，他被誉为"新时代离退休干部的模范"，一点儿也不为过。

2019年，习近平总书记在中国老科学技术工作者协会成立30周年之际对老科协工作作出重要指示强调：老科技工作者人数众多、经验丰富，是国家发展的宝贵财富和重要资源。各级党委和政府要关心和关怀他们，支持和鼓励他们发挥优势特长，在决策咨询、科技创新、科学普及、推动科技为民服务等方面更好发光发热，继续为实现"两个一百年"奋斗目标、实现中华民族伟大复兴的中国梦贡献智慧和力量。2024年10月9日，习近平总书记在给"银龄行动"老年志愿者代表回信中勉励他们：既要老有所养、老有所乐，又要老有所为，为推进中国式现代化贡献"银发力量"。

曲宪忠就是一位"老有所为"的典型代表。

（作者系《中国作家》杂志社主编）

报告文学的"取景"与人文关怀

——读苏有郎的《最后一站》有感

佟　鑫

　　在脱贫攻坚、乡村振兴的时代背景下，文学以始终在场的方式生发出不一样的风景。作家以文学为"取景器"，真正沉入生活深处，扎根新时代的山乡大地，投身山乡巨变的写作，涌现出一批有时代温度的精品力作。这些作品用"广角"或"聚焦"的方式，塑造了一大批具有时代精神和奋斗精神的人物形象，这些人物形象不仅具有鲜明的时代特征，也深刻反映了中国乡村走向全面振兴的广阔空间和无限可能。

　　报告文学作为记录时代的文体，真实性是其基本特征和命脉所在。苏有郎的报告文学《最后一站》，是一部建构于真实、来源于现场，真实感人、曲折动人、细节暖人且具有鲜明特色，以乡村振兴为题材的作品。真实感人体现在作者所做的大量深入采访和田野调查，确保了每一个事例、每一个数据的真实性、准确性。在创作中，要想"探寻实相之庐，勘究真知之衢"，作家需要扑下身子、迈开脚步，走向乡村、深入调研，才可"捧得圭臬出深山"，在这方面，苏有郎是明显下了不少苦功夫的。

《最后一站》的曲折动人体现在情节设计上的一波三折，其中既有主人公曲宪忠担心果园是"短期政绩工程"而持有的不太信任的心理，也有村民、果农对曲宪忠所描绘的果园美好蓝图持有的怀疑心理，还有曲宪忠爱人张玉芬对丈夫持有的既支持又反对的矛盾心理。不同人物不同心理的交融交织交锋，使得故事情节更为生动。

《最后一站》的细节暖人体现在作品中引用了大量的看似平常琐碎的细节，比如主人公曲宪忠躺在床上还在考虑"他们到底浇水了还是没有浇水"这个问题，并且在凌晨四点就起床到现场去查看。这样的细节，让一个认真负责、工作严谨的老科技工作者形象跃然纸上，读来让人感动。作者精心选取的对话和展现的内心独白，也使得人物形象更加立体，情感表达更加真挚，像曲宪忠与张玉芬之间的对话，不仅展现了他们之间的夫妻情感，也反映了他们对乡村振兴事业的不同看法和态度，增加了故事的层次感。

判断一部报告文学作品优劣的标准和方式有很多，除了真实性和文学性、思想性外，题材的独特性也占有很大的权重。在这方面，苏有郎可谓抓准了选题。近年来，乡村振兴题材在报告文学领域屡见不鲜，科技助农的文学叙事也屡有出现，如何

让我们的作品呈现崭新的面貌，这就要求报告文学作家有选取题材的崭新的视角。在《最后一站》中，作者以一位老科技工作者深入乡村振兴现场为视角，围绕老科技工作者积极改变乡村面貌、带领农民致富而展开叙事，彰显了题材的独特性。

人文关怀的体现，是《最后一站》的另一特色。苏有郎不仅关注了乡村振兴的宏观进程，更深入到个体命运的微观层面，通过曲宪忠与村民们的互动，揭示了科技与传统、理想与现实之间的张力与融合。这种人文关怀让读者在感受故事的同时，也能够对乡村振兴背后的人性光辉和道德价值进行深思。

《最后一站》还有一个特点是角度切得很准。主人公曲宪忠曾任河北省农林厅副厅长，此前还担任过基层乡镇的负责人，他身上的故事一定不少，如果展开，应该可以写成一部长篇报告文学，但作者仅选取了曲宪忠68岁以后的时光作为叙事主线，选择了一个比较新颖的看似微观的角度切入，把很多与主题无关的背景隐去或一语带过，充分显示了作者对报告文学叙事角度的精准把握，同时也彰显了作者筛选线索、信源、素材的能力，正因如此，强调了"最后一站"的可贵性，让人从中品读到"莫道桑榆晚，为霞尚满天"的诗意。

难能可贵的是，苏有郎在书写曲宪忠的事迹时，作为作者他有"自由取景权"和"自由解释权"，但没有站在表现作者自我为主的立场，从主观愿望出发进行主观叙事或主观抒情，而是采用"疏离"手法，将自己"抽身"现场，以张群欧、张庆慈、张义德等一批村民或村干部的现身说法为叙事主线，通过他们的讲述来渐次展现曲宪忠的生动事迹和高风亮节，作者将自己置于更为客观的立场，以第三者的视角、口吻来推动故事情节的纵深发展，也使得作品有了极为鲜明的客观性特征，所述事例更显得真实、有说服力和征服力。另外，苏有郎在叙述中巧妙运用了非线性叙事手法，通过闪回和前瞻，将过去、现在和未来交织在一起，为读者提供了一个立体的时间观。这种叙事结构不仅增加了阅读的趣味性，也使作品的主题更加深刻。

报告文学，作为一种独特的文学体裁，长期以来一直在探索如何在真实性与文学性之间寻找到那个微妙的平衡点。这确实是一项艰巨的挑战，因为报告文学不仅需要准确地反映现实，还要以引人入胜的方式讲述故事，让读者在获取信息的同时，也能享受到文学带来的审美愉悦。苏有郎在《最后一站》中已经做出了很好的尝试，它展现了作者的写作功底和对乡村振兴事业的深刻理解，为同类作品的创作提供了有益的借鉴和启示。

（作者系《中国作家》纪实版编辑部主任、副编审）

《最后一站》的时代意义

贾兴安

　　一个时代有一个时代的使命，使命赋予我们要不懈努力与奋斗。因此，这就是我们常说的只有紧跟时代的步伐，才能创造出更加美好的明天和幸福的未来。最近，作家苏有郎创作的报告文学《最后一站》所书写的主人公曲宪忠，就是一位紧跟时代步伐，挺立时代潮头，退休后奔赴河北省邢台市威县，利用自己的林果专业科学知识，进行"梨产业革命"，使一片土地"沧海"变"桑田"的故事。这个故事的发生与发展，俨然是曲宪忠拥抱这个时代的奋斗过程，并最终极为精彩地创造出了他人生最后的辉煌：发展梨产业，改变一方土地的命运，让数万农民过上幸福的好日子。

　　因此，退休干部曲宪忠"科技兴农"的事迹，具有了改变这片土地命运的时代意义，而描述和再现曲宪忠事迹的作家苏有郎，亦是以敏锐和犀利的目光，怀着一股强烈和火热的文学使命感，纵情讴歌和颂扬时代楷模，同样彰显出了一个作家"笔下有乾坤"的时代意义。于是，创业者曲宪忠和描写他的作者苏有郎，都在这个时代里应运而生了美丽篇章。只是，曲宪忠的"文章"写在田野上的田间地头，花蕊飘香的梨园里，梨果累累的枝头上；苏有郎的文章，是让曲宪忠的音容笑貌"复活"，身影和姿态"再现"。伴随着《最后一站》动人的娓娓叙述，我们看到了一位老人"退而不休"的卓然风采。尤其是在步入老龄化社会的今天，有许许多多身体依然健壮、精力依然充沛的老干部，特别是一些有着特殊技能、知识和文化的老干部，能在这部作品的感召下，加入科技兴国，乡村振兴，发展新质生产力的时代浪潮之中，会是多么大的一支浩浩荡荡的大军，会是多么大的一股令人震惊的力量啊！由此可见，《最后一站》的面世，既恰逢其时，又影响深远。

　　苏有郎是一位勤奋、踏实、刻苦、敏感，有着高度社会责任感和文学使命感的作家。他采写和编辑的作品曾获中国新闻奖、孙犁文学奖、河北省文艺振兴奖等。多年来，他一直执着于对先进典型人物的审视、挖掘和书写，让自己笔下的字节和时代一起跳动，让自己的灵感与时代风云人物共同闪烁。从李长庚、尚金锁到董振堂，从乔奎国、耿新杰到曲宪忠等，这些在邢台大地上成长起来的闻名遐迩的劳模、英雄、科技精英，都成为苏有郎文学画廊里光彩夺目的群像，真真印证了"文章合为时而著"，强调了写作或者说创作应关注时代，反映现实生活的这句古训。当然，苏有郎笔下的这些画像，并不是简单的平面式

的叙述，而是带有情感、温度、感慨、内涵和回味的艺术关照和再现。比如，在《最后一站》的起篇中，以小标题"六十八岁的决定"开篇，去契合篇名的"最后一站"。这一站，已经六十八岁的曲宪忠，是要"站在"哪里？在"站上"干什么？在他与老伴的对话中，我们才知道，他放着安逸的退休生活不过，要去威县"种梨"，并且说："我就图个痛快，我就热爱这个，我就想为老百姓做点事儿！"这种巧妙而传神的谋篇布局，为读者简单而明了地勾勒出整个作品的寓意：以自己深厚而精湛的育梨技术，去偏僻而贫穷的威县开始了"种梨"。我想，当初的真实情景，可能并不是这样的，是作者经过一番缜密的思考，将曲宪忠的志向迎着"夕阳红"扬帆开启了"最后一站"，使曲宪忠的高大形象既淳朴又真实，并且还非常低调和不动声色地矗立在了我们面前。这是苏有郎的聪明、睿智，也是他近年来纪实文学创作不断进步，艺术上不断磨砺的最新成果，更是他拥抱生活，贴近时代，用文学表现社会英才和时代滚滚向前的精品之作。

（作者系河北省作协原副主席、《散文百家》原主编）

跋：郎与狼

李春雷

起初，我不知道苏有郎的本名是什么。但直觉告诉我，不是这个。

经询问，竟然是苏友狼，虎狼的狼！

一个偏僻农村的穷孩子，叫这个名字，少见，也正常。

正常之外，却又本色得可爱。

其实，他的本色不是狼，而是郎。不是吗？他从小的生活，便是在命运和贫困的皮鞭下，老老实实、顺顺从从地生活，像乡村里一个个土头土脑、实实在在的放牛郎、砍柴郎、田舍郎。

的确，年过五旬的小苏，仍然是一个具有鲜明农家胎记的朴实人。他的貌相，他的性格，他的衣着，那么憨厚，那么虔诚，那么和气，看不出与一位普通的农民大叔有什么不同。

那么，他的名字是什么时候由"狼"改"郎"了呢？

应该是开始发表作品的时候。或许，狼太吓人，太凶猛，会吓煞女编辑们，而郎多么可爱，多么温雅啊。

然而，阅读他的作品，却又可以看到一个真实的他。在文字里，时时会感觉到他的冲动、他的激情、他的不甘、他的野心——包藏在温柔羊皮之后的虎狼之心。

这可能与小苏的人生经历有关。小苏生于上世纪70年代初，出身贫穷，只有初中文化。为了寻找人生出路，应征入伍。从军五年，除完成部队的正常训练学习，全凭业余时间刻苦自学。在经历了多种人生方向的探索后，最终选择了文学创作这条艰难之路。转业后到报社工作，更为他提供了舞台。由此，他开始了从郎到狼的豹变。

有郎较早的成功之作是中篇报告文学《国树》，发表在《中国作家》杂志。甫一问世，就引起关注。《好人乔奎国》可以说是另一部成功作品。一万七千多字，硬是把一个从没有上过媒体的"好人"写成了名人。正是这部作品，让他获得了河北省文学界最高奖——孙犁文学奖。

有郎虽然专注于报告文学，但看他的作品，却又充满了多种文学元素。有人问他："那些对话，像小说一样，是不是编的？"他拍着胸脯说："绝对不是，都是当事人的原话！"他的采访，大多是用录音记录，一个字一个字地寻找其中最精彩的语言。其文章内容，多为录音再现，毫无夸张。他说："越采访，越感到真实远远超过虚构的精彩。"

散文的元素也是其报告文学作品的一个显著特点。他的抒情，不动声色，使你不知不觉地被他感动。最主要的是，他的文章处处充满了韵律节奏之感——这自然是他吸收了音乐的元素。还有新诗、古诗词、民俗文学、百姓语言——还有赵树理、刘震云、刘绍棠的影响……可以说，在不动声色的行云流水的叙述中，在保证纪实文学绝对真实的底线时，运用了多种艺术手法，使纪实文学展现出多姿多彩的思想性、艺术性、时代性风韵。

有郎是一个老实人，像一个彬彬有礼的郎，但在作文时，却又时时不老实，彰显出其狼性的一面。

小苏的作品，形式貌似陈旧，实乃别出新意。他一直在锐意突破，突破传统好人好事的浅显，突破高大上的老套，突破单纯描写人物性格的老路，努力在主题立意和文学表现上探索另一个路数。他前几年的《国树》，以主人公的故事为载体，用银杏树作象征，反映国家的发展与变化；《寻找崇高》，是对英雄与普通人的思考；《这是一种享受》，呈现一位老干部退休后的人生观；还有《今天不忙》，反映对下乡扶贫干部工作的思考；《箭在弦上》，说的是应急人员的生活状态；《果园飘香》里说得更为真切："我本来就是农民，只不过国家给了我一个工作，领着工资而已。"

《最后一站》，更是在既往基础上的提升版。

我想，苏有郎如狼一般旺盛的创作欲来源于对生命的反刍，阴与阳、冬与夏、矛与盾、得与失，霍霍摩擦起电，终成燎原

烈火。但形诸笔端，却如踽踽狼迹，缀行不辍，不达目标决不罢休。

郎与狼，在他身上，对立又统一。

2024 年 12 月

（作者系中国报告文学学会副会长，河北省作家协会
党组成员、副主席，河北省文联副主席）